내가 좋아하는 것들, 강릉

내가 좋아하는 것들, 강릉

이정임 지음

014

스토리닷

놀면서 자랐던 어린 시절 기억의 모든 배경에는 남대천이 있었다.

33쪽

송정 솔밭을 맨발로 걷고 대관령 숲에 기대 지냈다.

64쪽

바람과 함께 시작한 봄이 어느새 바람과 함께 끝나고 있다.

71쪽

대관령을 넘을 때면 불빛으로 반짝이는 강릉이 한눈에 들어온다.

105쪽

경포습지의 여름은 생명으로 넘쳐난다.

111쪽

연등만 봐도 단오스위치가 번쩍 켜진다.

117쪽

굴산사지 당간지주는 마음이 허해지면 고해성사하듯 찾아가게 된다.

125쪽

시린 손에 들린 흙잔 속의 뜨거운 짜이 한 모금, 그때의 맛이면 충분했다.

139쪽

"집 생각은 안 나도 바다는 보고 싶더라."

169쪽

눈 오는 밤 플레이리스트는 항상 준비돼 있다.

187쪽

차례

두 번째 대관령과 강릉, 동해는 하나의 그림 안에 있다

프롤로그

강릉에서 태어나 지금까지 살고 있어요

'강릉사람이냐'는 질문을 자주 받는다. '강릉사람'이라고 새긴 명찰을 하나 파서 달아야 하나 싶을 정도로. 짜이가 이국적인 음료라 그런지 "인도에서 오래 살다 오셨나요?" "여행 많이 하셨어요?" 같은 질문이 뒤를 잇는다. 손님들에게 짜이가게 주인은, 세계를 여행하다 어느 날 문득 바다가 있는 강릉으로 흘러들어와 자유 영혼으로 살아가는 사연 좀 있는 사람이어야 하는지도 모르겠다.

아쉽게도 그런 판타지는 "강릉에서 태어나 지금까지 살고 있어요" 하는 소리에 와르르 무너진다. 뭔가 가공할 이야기라도 있었으면 좋으련만 강릉과 짜이, 참 맥락 없다. 하지만 그럴싸한 사연은 없어도 그럴만한 사정은 있다. 구태여 말로 하지 않을 뿐이다.

내가 오랫동안 해왔던 일은 강릉을 환경적으로, 사회적으로 지속 가능하게 만드는 활동이었지만 지금은 여행자를 상대로 강릉을 소개하는 일을 하고 있다. 과제를 다루는 활동가에서 안내자로 역할이 바뀌다 보니 강릉에 대해 전에 없던 관점이 생기기도 하고, 잘 알고 있었다고 여겼던 것들에도 의문이 생기곤 한다. 때로는 여행자들에게 강릉을 설명하면 할수록 내가 제대로 강릉을 이해하고 있는 것인지 혼선이 올 때도 있다.

“강릉은 어떤 곳인가요?”라는 이 질문은 나에게 더 필요한 것일지도 모르겠다.

지난해 여름이 끝나갈 무렵, 한 여행자가 정동진에 왔다가 짜이 생각이 났다면서 찾아왔다. ‘강릉에 짜이가게가 있을 리 없겠지’ 하며 검색을 했다가 명주상회가 나오더라면서 한걸음에 왔다고 했다. 그녀는 여행 이야기를 하던 끝에 타로를 봐 주었다.

“계약 같은 걸 하게 되겠다. 책일 것 같다. 쓰는 데 스트레스가 좀 있겠다.” 재미로 본 타로였지만 여러 날 생각이 났다. 만약 어디서든 연락이 온다면 이번엔 어떻게 할까. 글을 써본 경험은 없지만, 전부터 출판사 몇 곳에서 제안을 받기도 했다. 그때마다 당황스러웠다. 할 말이 있다 쳐도 그게 책으로까지 쓸 일인가 싶었고 무엇보다 깜냥이 안 되니 사양하는 것은 당연했다. 그러나 한편으로는 책을 떠나서 정말 할 말이 없는 것일까, 하고 싶지 않았을 뿐 나에게 가둬진 이야기가 있을지 모른다는 생각이 들었다.

몇 달 뒤, 스토리닷 출판사로부터 강릉 이야기를 담고 싶다는 연락이 왔다. 책은 ‘내가 좋아하는 것들’ 시리즈 중 하나로 《내가 좋아하는 것들, 강릉》이란 제목이 정해진 상태였다. 명주상회에서 북토크를 진행한 인연이 있는 출판

사이기도 했고, 나를 저자로 추천한 분께 사전 연락을 받았던 터라 이번엔 써야겠다고 마음을 굳혔다.

강릉은 여행하고 싶고, 살고 싶고, 머물고 싶은 곳임은 분명하다. 강릉역과 관광지에는 여행자들이 넘쳐나고 이주민을 비롯해 강릉과 관계 맺는 사람들도 늘고 있다. 한달살기와 강릉살이를 지원하는 프로그램들이 운영되고 있고 로컬 콘텐츠 생태계도 활발하다. 강릉은 여행지로서만이 아니라 행복한 삶을 위해 더 나은 환경을 찾는 사람들에게 선택지로서 주목받는 곳이 되었다. 사람들을 만나다 보면, 라이프 스타일과 취향을 넘어 삶의 태도와 방식으로 강릉을 선택한다는 점에서 유행처럼 번지는 이주 열풍과는 다르다는 느낌을 받곤 한다.

정작 일하느라 즐기며 살지 못했고 어떤 면에서는 이주민들보다 정보에 둔한 내가, 주류사회와는 거리를 둔 채 이방인의 감정을 느끼며 살아온 내가, 강릉에 관해 쓴다는 것이 설득력이 있는지도 걱정된다. 그래도 쓰기로 마음먹었으니 이쯤에서 부담을 내려놓고 여행자에게 들려주듯 강릉 이야기를 해 볼까 한다. 여행이 계획대로 되지 않더라도 여행 그 자체로 의미가 있듯, 이번 이야기도 여행처럼 흘러갔으면 좋겠다.

첫 번째

어떻게 반말이 사투리라요?

지누아리

며칠째 대책 없이 앓고 있다. 겨울에도 비껴간 감기를 이 봄에 몸살로 앓다니. 거의 모든 해 이 무렵, 앓지 않고 지나간 적이 없었던 것 같다. 기운을 차리고 보면 영락없이 생일이 다가오고 벚꽃이 피기 시작한다. 죽을 고비를 넘기며 태어난 그때의 기억을 몸이 되새기는 것인지도 모른다. 늘어진 몸을 간신히 수습해 주방으로 간다. 쌀을 불리고 물을 넉넉히 잡아 밥을 안친다.

고생하라고 누가 등 떠민 것도 아닌데 제 발로 객지에 나가 쪽방을 전전하며 살 때, 죽 끓일 쌀도 없을 때가 있었다. 몸은 아프고 배는 고프고 염치 살필 틈도 없어 옆방 사람에게 쌀을 빌렸다. 그마저 아끼느라 작은 라면 냄비에 죽을 끓였다. 말갛게 퍼지도록 끓인 죽은 미음이나 다름없었다.

엄마는 내가 아프면 흰죽을 끓여주셨다. 뜨거운 죽 위에 지누아리를 올려 호호 불어가며 한 그릇 먹고 나면 기운이 살아났다. 만신창이가 된 처지에 아픈 것도 서러운 데다 그날따라 집 생각이 어찌나 나던지 엉엉 울고 말았다.

사람마다 자기만의 소울푸드가 있겠지만, 나에게 소울푸드는 아플 때 생각나는 음식이다. 쌀죽이야 언제든지 끓일 수 있지만 지누아리 장아찌는 강릉이 아니면 먹을 수 없는 음식이라 객지 생활의 서러움과 고향의 그리움이 한데 엉겨 대체 불가한 소울푸드가 되어버렸다.

마음이 지칠 때 바다가 그리워지듯 몸이 아프면 지누아리 생각이 난다. 제주가 고향인 내 친구도 몸이 아플 때면 엄마가 끓여준 몸국이 생각난다고 했다. 바다를 보고 자란 우리가 모자반과 지누아리를 소울푸드로 여기는 것은 당연한 것인지도 모른다. 몸이 아프면 마음 깊은 곳의 나의 '어린아이'가 돌봄을 간절히 원하게 되는 것처럼, 엄마의 양수 같은 바다가 그리웠던 것 같다.

질게 지은 밥을 그릇에 반쯤 담고 냉장고에서 지누아리 장아찌를 꺼낸다. 다른 반찬은 없어도 된다. 따뜻한 곡기와 함께 짭조름한 바다향이 몸 안으로 퍼진다. 지누아리는 꼬시래기나 톳, 미역보다 바다향이 몇 배는 짙다. 바위에 바짝 붙어 견뎌낸, 파도가 켜켜이 쌓인 바다 맛이다. 꼬들꼬들한 지누아리를 씹다 보면 힘이 주어지면서 가라앉은 몸이 일으켜진다.

강릉 바다에는 다양한 해조류가 자라고 있지만 '지누아리를 모르면 강릉사람이 아니다' 할 정도로 강릉사람들의 밥상에 단골로 오르는 해초다. 예쁜 이름을 가진 지누아리는 뜻밖에도 지네를 닮았다고 해서 붙여진 이름이다. 수온이 낮고 조류가 센 바위틈에 붙어 자라기 때문에 줄기가 짧아 채취하기가 쉽지 않다. 해녀가 일일이 손으로 작업해야 하는 데다 채취 후에도 들러붙은 이물질을 뜯어내고 깨끗하게 다듬고 말리는 과정을 거쳐야 한다.

해녀의 숫자도 줄어들고 있을 뿐만 아니라, 해양 환경에 민감하게 반응하는 해초인지라 채취량도 점점 줄어들어 지금은 귀한 몸이 되었다. 가격이 저렴한 편은 아니지만 지누아리를 만드는 수고로운 과정을 알기 때문에 기꺼이 지갑을 열게 된다. 귀한 것에 귀한 값이 매겨지는 것이니까.

지누아리는 고성에서 울진까지 동해안에서만 자라지만, 강릉의 영진과 정동진에서 채취한 지누아리의 품질을 최고로 친다. 구하기 힘들고 맛볼 기회도 많지 않지만, 한 번 먹어 본 사람들은 지누아리의 향과 식감에 반하게 된다.

중앙시장 노점을 잘 살펴보면 지누아리 파는 곳이 더러 있다. 5, 6월 채취 시기에 생 지누아리를 파는 곳이 드물게 있지만 대부분 말려서 갈무리한 지누아리를 판다.

주로 무침이나 장아찌로 만들어 먹고, 최근에는 다양하게 응용한 요리법도 소개되고 있지만, 나는 되도록 말린 지누아리를 사서 장아찌로 만들어 먹는다. 바다향을 온전히 느끼기 위해 마늘과 양념, 고추장, 양조간장은 쓰지 않는다. 재래 간장을 연하게 넣고 불려 쌀 조청만 조금 넣어 만든다. 나물이나 해초와 같은 자연 재료일수록 본연의 맛을 좋아하게 되면서부터 왠지 그렇게 하는 것이 재료에 대한 예의 같아서 말이다.

시장 안 반찬가게 두어 곳에서도 지누아리를 판다. 인기 있는 반찬에 밀려 드물게 팔리긴 하지만 지누아리를 찾는 단골손님들이 여전히 있다는 건 반가운 일이다. 찾는 사람이 계속 있다 해도 지누아리가 계속 나온다는 보장은 없다. 사람들에게 지누아리는 멸종위기 바다 식물이고, 지누아리 장아찌는 멸종위기 음식이라고 반 농담으로 소개한 적이 있다.

즐겨 먹으면서 보호해야 한다고 목소리를 내는 현실이 역설이긴 하지만, 생명의 시원인 우리의 바다를 지키려는 노력을 멈출 수는 없다.

'무엇이든'이라는 동아리에서 '지누아리를 찾아서'라는 프로젝트를 진행한 적이 있다. 지누아리의 행방을 찾아다니고 지누아리 캐는 해녀를 만나고, 요리를 만들어 나눠 먹고, 노래를 만들고, 지누아리 이야기를 담은 전시를 열고 책으로 담았다. 이 활동 덕분에 지누아리에 대한 각별한 추억과 애정 어린 이야기들을 만나게 돼 너무나 반갑고 기뻤다. 지누아리가 사람들에게 잊히고 바다에서 사라지는 날이 오더라도 지누아리를 기억하는 사람들이 있는 한 지누아리의 여행은 계속될 것이다.

남대천의 시간

마음이 먼 곳으로 떠나는 날이 있다. 봄이 오면 연둣빛 물오른 버드나무가 흩날리는 방향으로 남대천 둑길을 걷는다. 풀을 뜯는 염소를 만나고 게이트볼 하는 노인들과 자전거를 타고 가는 청년을 스친다. 강변에 피기 시작한 꽃들에 정신이 팔려 주저앉아 시간을 보내다가, 숨이 차도록 달리다 걷다 보면 어느새 강의 하구, 안목에 가 닿아 있다. 떠밀려온 강물이 바다와 섞이지 못하고 한참을 휘돈다.

해가 새들과 함께 바다를 등지고 서쪽으로 향하기 시작하면 안목 하구엔 그물이 던져진다. 잡으려는 것이 물고기인지 윤슬인지 눈앞이 희미해지면 돌아갈 시간이 된 것이다. 사라지고 싶은 날엔 남항진 공항대교 난간에 서서 강물에 비친 그림자를 내려다보거나, 내곡동 징검다리에 쪼그리고 앉아 물소리를 들었다.

돌을 들여다보고 있으면 저마다의 표정으로 말을 걸어왔다. 강물은 이야기를 들어 주지만 돌은 이야기를 들려주었다. 만 가지 돌의 만 가지 이야기를 듣다 보면 하루가 저문다. 숨이 쉬어지지 않으면 갔다. 최대한 빨리 다다를 수 있는 지점에 차를 세우고 물가로 내려가 숨을 크게 들이켜면 산소호흡기를 낀 것처럼 다시 숨이 쉬어졌다.

강가에 버려진 담배꽁초를 보며 얼마나 많은 사람이 숨을 쉬러 이곳에 왔을까 짐작해 본다. 왜가리 한 마리가 모래톱에 발을 묻고 서 있다. 먹이를 잡으려는 움직임도 없고 날아갈 생각도 없어 보인다. 무슨 생각을 하는 걸까. 콘크리트 제방 아래 쪼그리고 앉아 왜가리 마냥 물멍을 한다. 물결이 다가와 눈가를 닦아준다. 무너지지 말자고. 하루가 서쪽인 날이다.

오지 않을 것 같았던 2020년. 평생 하던 일을 그만두었다. 번아웃 상태로 떠밀려 오다 만신창이가 되었다. 아무도 부여하지 않은 사회적 책무를 스스로 짊어지고 앉아서 괴롭히며 놓아주지 않았다. 심한 우울증과 공황장애로 점점 피폐해져 갔다.

시민운동가로 살아왔던 시간을 자문해 보았지만 무엇하나 제대로 해 놓은 게 없다는 자책만 남았다. 무엇 때문에 평생을 이렇게 살았는지 다 부질없었다는 생각이 들고 허무했다. 몸을 돌보지 않았던 세월만큼이나 건강도 심각한 상태가 되었다.

아무도 만나고 싶지 않았고 아무것도 하기 싫었고 무력한 나날이 이어졌다. 그나마 하는 것이라곤 숲이나 바다에 가서 종일 앉아 있다가 오는 것이었는데, 그것도 귀찮을 때가 많아서 가까운 남대천에 자주 갔다.

강물을 바라보고 있으면 괴로운 생각은 점점 흐려지고 강에서 보냈던 시간과 몸으로 기억하고 있던 감각이 되살아났다. 물속에서 입술이 시퍼레지도록 놀았던 기억, 먹먹해진 귀를 햇볕에 달궈진 돌멩이에 대면 스르르 흘러나오던 물의 온기, 바위에 누워 바라보던 하늘과 구름, 손가락 사이를 간지럽히며 지나가던 송사리떼, 다슬기를 줍다가 깊은 물에 빠져 허우적거릴 때 내 팔을 잡아끌던 친구의 목소리. 기억이 기억을 불렀다.

칠성산에서 잔뜩 주워온 삐라를 냇가에 띄우며 놀다가 불려갔던 성산파출소. 산북에 오디 따먹으러 갔다가 길 잃고 헤매다 한밤중에 엄마한테 혼났던 일. 여름밤이면 이웃집 엄마와 딸들이 냇가에 모여 서로의 등을 밀어주기도 했다. 목욕이 싫은 아이들은 맨질한 돌멩이로 때를 밀며 장난을 치며 놀았다.

여름방학 때 친척 집에 놀러 온 아이들이 물놀이를 하다가 간혹 물에 빠져 죽기도 하고 동네 아이들이 사고를 당하기도 했다. 대보름날엔 깡통 돌리고, 겨울이면 얼음장을 깨서 뗏목을 만들어 타고 놓았다. 놀면서 자랐던 어린 시절 기억의 모든 배경에는 남대천이 있었다.

시내로 이사를 나온 중고등 시절에는 남대천을 건너 학교에 다녔다. 짝사랑하던 사람과 남대천 둑길을 오래 걸었고 실연을 당했을 때도 걸었다. 당시 우리가 센강이라고 부르던 남대천에는 포장마차가 줄지어 있었고 돈 없던 청춘들은 그곳에서 빈약한 안주에 소주를 마셨다. 훗날 도시 정비로 모두 철거되었지만, 발광하던 청춘들이 모여들었던 그 시절은 남대천의 화양연화였다. 포장마차에서 눈물 콧물 쏟고, 잠수교를 건널 때 손을 잡았던 친구와 사귀었고, 결혼 후에는 포남동 남대천 둑길 옆에 신혼집을 얻어 살림을 시작했다. 남대천에 기대어 살았다.

사람들에게 곁을 내어준 세월만큼 남대천도 시련을 겪어야 했다. 생활하수와 수력발전소 방류수로 오염된 채 오랫동안 몸살을 앓았다. 남대천을 다시 살리기 위한 시민들의 노력 끝에 수력발전소는 가동을 멈추게 되었고 자연하천 복원 사업을 통해 지금은 연어가 돌아오고 수많은 철새들이 서식하는 곳이 되었다.

여전히 해결해야 할 문제를 안고 있긴 하지만, 남대천의 풍경은 정작 평화롭기만 하다. 바다와 강이 만나 서로의 물살로 하나 되어 흘러갈 때, 바다 위로 떠오르는 해를 바라보고 있으면 마음이 저절로 평화에 이른다.

돌아오지 않는 강물을 바라보며 돌아오지 않는 시간을 헤아리는 동안, 괴롭다고 여기던 것들의 실체가 존재하지 않는다는 것을 알았다. 강물이 흐르듯 나도 흘러왔을 뿐이고, 해야 할 일을 했고 할 수 있었던 것을 하며 살았다는 것. 지나온 삶에 대해 미련을 둘 필요도 없고 평가할 일도 아니었다. 다시 흘러가면 되는 것이었다. 강이 바다에 이르듯 나도 언젠가는 바다에 이를 것이므로.

버리지 못하는 마음

아침 일찍 울리는 엄마의 전화. 부스스한 목소리로 전화를 받으면 여태 자고 있었냐는 소릴 듣기 싫어 짐짓 하이톤으로 전화를 받는다.

"반찬 해놨어. 가지랑 호박 따놨으니 가지러 와. 파도 좀 뽑아가고."

집에 도착하니 마당 데크에 이미 싸놓은 짐이 그득하다. 오이소박이와 깻잎장아찌가 큰 통으로 하나 가득, 고등어 한 손, 삶아 얼려놓은 시래기와 개두릅, 소쿠리에 한가득 담긴 고추, 팔뚝만 한 가지와 호박, 묵은쌀로 틀어온 떡과 방앗간에서 짜온 들기름 한 병.

"깻잎장아찌를 이렇게 많이 주면 어떻게 다 먹어!"

"뭐가 많아. 두고두고 먹음 되지. 밥을 안 해먹으니 반찬이 안 없어지지."

"김치 담을 때 통에 꽉꽉 눌러 담지 좀 마. 국물이 새잖아. 여유 좀 있게 담으면 안 돼?"

"뭔 잔소리가 많아. 밭에 가서 파 좀 뽑아와. 흙 털지 말고 자루에 담아서 그대로 갖고 가. 베란다에 놔두고 필요할 때마다 한뿌리씩 꺼내서 먹어."

"저번에 준 파도 아직 냉장고에 가득 있어. 냉동실에 얼려둔 것도 있고."

"고등어는 바로 가서 지져 먹어. 간이 돼 있으니까 양념은 조금만 해. 시래기 밑에 깔고."

"엄마 먹지 왜 줘. 장 볼 때 엄마 것만 사. 우린 잘해 먹어."

"잘해 먹긴 뭘 잘해 먹어. 맨날 돈 아끼느라 벌벌 떨면서. 식구들 굶기지 말고 밥 좀 잘 멕여."

"내가 애야? 나도 이제 오십이 넘었어. 식구들 밥을 왜 굶겨. 하는 일이 밥 하는 건데."

"고춧가루 있어?"

"많아. 안 줘도 돼."

"언제 적 고춧가루가 여태 있냐. 팍팍 좀 먹어."

"엄마가 김치를 맨날 해주니까 안 없어지지. 근데 왜 자꾸 밥을 굶긴다 그래. 외식도 안 하고 반찬도 안 사 먹는 사람한테 진짜!"

잔뜩 싸놓은 짐을 귀찮은 마음 반, 미안한 마음 반과 함께 차 트렁크에 조심조심 싣는다. 국물이 흐를까 봐 비닐로 꽁꽁 싸맨 보따리에서 김치와 파 냄새, 고등어 비린내가 진동한다.

집에 와서 짐을 푼다. 고등어는 씻어 쌀뜨물에 담가놓고 얼린 시래기는 물에 불리고, 베란다에 두면 흐물어질 게 뻔

한 파를 손질한다. 흰 대와 잎줄기는 따로 자르고 반은 어슷하게 썰어 지퍼백에 각각 담고, 감기 기운 있을 때 차로 끓여 먹을 파 뿌리는 잘 씻어 소쿠리에 넌다. 깻잎장아찌와 오이소박이는 먹을 만큼 반찬통에 따로 덜어내고 떡은 도로 냉동실에 넣는다. 찰떡과 뭉생이, 지난 설에 가져온 떡국 떡과 추석에 빚은 송편이 아직 그대로 있다.

이제 더 넣을 데도 없다. 호박과 가지는 몇 개만 냉장고에 넣고 나머지는 썰어서 채반에 담아 햇빛 잘 드는 발코니에 내놓는다. 밀린 일이 태산인데 오전 내내 먹을거리 재료들 다듬고 정리하느라 시간을 다 보낸다.

엄마는 시골집 밭에 김장용 배추부터 옥수수와 고구마, 팥과 콩, 들깨와 고추에 이르기까지 웬만한 농작물은 다 키운다. 밭 가에 머위와 달래, 뒤뜰에 오가피와 두릅나무, 정원에 감나무를 비롯해 사과나무, 배나무, 대추나무를 가꾸고 포도와 키위, 블루베리를 거둔다.

엄마의 노고 덕분에 계절마다 다채롭고 풍요로운 먹을거리를 얻지만, 얼마나 힘들게 가꾸고 거두는지 알기 때문에 손이 많이 가더라도 알뜰하게 챙기려고 노력한다.

수확이 끝난 고춧대에 붙은 고춧잎도 버리기 아깝다. 대충이라도 따서 나물 반찬을 만들어 먹는다. 옥수수를 삶을 때도 수염은 따로 모아 차를 끓여 먹고, 벌레 먹은 과일은 잼이나 효소를 담그고, 김치통 비울 때 국물은 고춧가루 양념을 걸러 국수말이용으로 얼려둔다.

사정이 이렇다 보니 냉장고와 김치냉장고 한 대로도 부족해 가전제품 코너를 기웃거리게 된다. 손이 크고 인심 좋은 엄마를 닮아 이웃들에게 잘 퍼 나르는 편이지만, 미처 먹지 못한 재료들이 상해서 버릴 때는 큰 죄를 짓는 것 같아 괴롭다.

이렇게까지 시간을 들이고 품을 써서 살림해야 하는지 회의적인 생각이 들 때도 많다. 그럴 시간이면 나를 위해 여가생활을 하든지 운동하면서 몸이라도 챙겨야 하는 게 아닌가 싶고. 꼭 필요한 물건만 두고 음식은 단순하게 만들어 먹고, 정갈한 집에서 군더더기 없이 살고 싶지만, 엄마가 시골에 사시는 동안은 어림없다.

엄마는 날로 기력이 쇠해지고 농사일을 버거워하면서도 시골집에 미련을 버리지 못하고 있다. 겨울이 되면 집을 팔아야겠다 하다가도 막상 봄이 되어 나무에 새순이 돋고 꽃이 피면 내가 여길 떠나 어떻게 살겠나 한 지가 벌써 10년이 넘었다.

올해도 엄마는 불편한 다리를 이끌고 종묘상에 가서 또

모종을 사고 힘든 농사를 시작할 것이고 나는 구시렁거리며 머위 껍질을 벗기고 시래기를 삶게 될 것이다.

간소한 살림과 미니멀한 삶은 시골살이의 미련을 버리지 못하는 한 끝내 오지 않을 것이다. 언제까지가 될지 모르겠지만, 농사의 고단함과 살림의 수고로움이 따르더라도 이 미련은 쉽게 내려놓지 못할 것 같다.

오해예요, 오해

"아이고, 어머이, 허리가 왜 그래 꼬부래졌능가. 힘들어 보이니 머를 부탁을 할 수가 읎장가."

"내거, 이래 꼬부라져도 일은 다 하네. 쫌 더데 그러치. 머르 더 주까?"

"여 막걸리하고 감자적 하나 더 주게. 다들 마이 드세요. 저는 화장실 좀 댕겨올께요."

정수 씨가 사리를 뜨자 "쟈가 참 예의 바르고 착한 놈인데 안 본 사이 쫌 변한거 같애요. 아까부터 어르신한테 계속 반말을 하네요. 저런 놈 아닌데." 아까부터 표정이 어둡던 진형 씨가 막걸리를 들이켰다.

두 사람은 강릉공군부대 복무 시절 선임과 후임으로 돈독하게 지낸 사이로 오랜만에 만나 옛이야기로 회포를 풀던 중이었다. 화기애애한 분위기가 무르익던 중에 정수 씨의 말투가 거슬렸는지 진형 씨는 무척이나 당황하고 있었다.

"하하하. 반말이 아네요. 강릉 말투가 그래요. 반말이 아니고 강릉사투리예요. 강릉말."

"예? 어떻게 반말이 사투리라요?"

"오해를 많이 받아요. 저도 엄마랑 외할머니한테 밥 먹었능가, 잘 갔다 왔능가, 그러거든요. 어데 갔다 왔는가? 잘

잤는가? 이게 다 높여 부르는 거예요."

"무슨 사투리가 그렇게 싸가지가 없어요. 하하하, 아이고 참."

"친한 사이 아니면 안 하죠. 아무한테나 그럼 큰일 나게."

"저놈이 나한테는 저렇게 안 하던데. 나랑 안 친한가?"

"친해서 반말을 하는 건 아니구요, 강릉사람끼리 강릉말을 알아먹으니 가능한 거죠."

"아이고, 난 또 저놈이 이제 좀 살게 됐다고 싸가지가 없어졌나 속으로 엄청 갈등했지 뭐예요. 왜 변했는지 물어볼 수도 없고. 호로새끼라고 욕할 뻔했어요. 오해네, 오해."

강릉말에 대한 에피소드를 나열하자면 끝이 없지만, '화를 낸다'는 오해도 많이 받는다. 명절에 엄마와 이모들이 모여 나누는 대화를 들어보면 거의 말싸움에 가깝다. 목소리가 크고 톤이 높은 데다 억양이 세다 보니 말투가 사납게 들린다. 싸움이 날까 불안하다가도 웃음소리가 들리면 그제야 안심이 된다. 엄마는 강릉사람이지만 아빠는 홍천사람이라서 상대적으로 강릉말에 완전히 젖어 살지는 않았던 나로서는 아직도 적응이 힘들다.

같은 강원도라도 춘천, 원주 영서지역의 말은 서울 경기

지역과 가깝고 강릉을 비롯한 영동지역의 말은 북으로는 함경도, 남으로는 경상도와 가깝다. 지형적으로 태백산맥의 영향이 크다. 북한과 경상도 말이 섞여 있는 억양과 말투 때문에 연변사람이냐 탈북민이냐 소리도 많이 듣는다.

한껏 차려입고 서울 나들이하러 갔던 친구들이 지하철에서 수다를 주고받다가 어디서 온 사람들이냐는 질문을 받고 종착역까지 아무 말도 하지 않았다는 에피소드를 비롯해 강릉말로 인해 빚어진 사건을 묶은 자료도 꽤 많다. 강릉사람도 못 알아듣는 강릉말을 강릉사람들이 모여 나누면 웃기고 재밌어서 시간 가는 줄 모른다. 강릉단오제에서 해마다 열리는 '강릉사투리 경연대회'도 인기가 대단하다.

강릉말은 억양이 워낙 독특하다 보니 여간해선 교정이 어렵다. 한때 '강릉사투리 교정'이라는 생활문화강좌에 참여한 적이 있었다. 사투리를 교정하려는 목적 반, 호기심 반 사람들이 모여 강사의 '서울말 지도'를 받았는데 아무리 해도 교정이 안 되는 강릉사투리에 다들 박장대소하다 끝냈던 기억이 난다.

낮춰 여긴다는 차별을 받아서인지 되도록 강릉말을 쓰지 않으려 하고 세대를 거듭할수록 강릉말을 덜 쓴다. 다른 지역에 가면 흔하게 들을 수 있는 지역말이 강릉에서는 어르신들 있는 곳 말고는 듣기가 쉽지 않다.

물론, 우리 속마음이 어떻든지 간에 외지인들에게는 퉁명스럽고 불친절하다는 오해를 받으니 부드럽고 친절하게 대하자는 자성의 노력과 관광도시로서 서비스 교육이 지속해서 이뤄진 결과이기도 하다.

그렇다고 그 지역의 사람이 사는 한 고유한 지역의 언어가 사라지는 것은 아닐 것이다. 교양을 갖추자고 표준어로 획일화해버린 무지한 교육정책과 지역어를 차별의 도구로 쓰는 폐해가 오랫동안 자행되어온 탓에 지역어가 위기를 겪고 있기도 하지만, 한편으로는 지역어를 보존하기 위한 시민들의 노력도 꾸준하고 다양한 방식의 문화적 접촉이 일어나고 있다.

최근에 강릉매거진 <시나미>의 강릉말 특집 작업에 동참하면서 강릉말은 풍성한 어휘와 말본새, 독특한 성조와 억양을 지니고 있어서 보전의 가치도 크지만 무엇보다 매력과 해학이 넘친다는 걸 알게 되었다.

강릉사람으로 좀 안다고 생각했던 강릉말을 겉핥기로 알고 있었다는 민망함도 컸지만 알면 알수록 강릉말의 매력에 푹 빠지게 되었다.

살면서 나도 모르게 밀어내고 있는 것 같아도 서울사람의 부드러운 말투는 낯간지럽고 다정한 매너는 느끼하다고 여길 만큼, 강릉말의 정서가 나에게도 어느결에 스며있었다는 것도 알게 되었다.

투박하지만 순박하고 무뚝뚝하게 들리지만 숫기 없음이 들어 있는 츤데레 언어. 츤데레, 딱 강릉사람을 두고 하는 말이다.

"어머이, 우리 가네. 거스름돈은 됐싸."

"머르 이래 마이 주나."

"이르 시나미 하게. 그러다 허리잔대이 뿐질구믄 어터할라 그래. 잘 있게 어머이."

싸가지 없는 '호로새끼'를 바라보는 진형 씨 눈이 어느새 반달이 되어 있다.

화양연화

〈KINO〉. 키노라니. 얼마 만에 들어보는 이름인가. '키노 씨네필' 프로젝트가 진행된다는 소식을 들으니 가슴이 마구 두근거렸다.

키노는 1995년 창간해서 2003년 7월, 99호를 마지막으로 폐간된 영화잡지다. 20년 만에 돌아오는 키노라니. 1995년은 영화가 만들어진 지 100주년이 되는 해였고 타르코프스키의 〈희생〉과 키아로스타미의 〈내 친구의 집은 어디인가〉가 상영되었던 해다. 지금 다시 돌아와 100호를 간행한다니. 생각지도 못한 감격스러운 기념선물이었다.

키노를 보려면 말글터 서점에 주문예약을 해야 했다. 발행일이 미뤄지면 초라하게 기다리다 잡지가 도착하는 날이면 신줏단지 모시듯 받아서 한 달 내내 끼고 읽었다. 상영관에서 하루 내리 세 편씩 보는 날이 많았고 비디오 대여점을 문지방 닳도록 드나들던 시절이었다. 영화를 보고 나면 밤새 토론하고도 영화의 여운이 사라지지 않던 날들이었다.

키노는 당시 발행되던 영화잡지들과는 다르게 영화를 소개하는 것에 그치지 않고 전문적인 영화평을 싣고 우리 시대 영화의 의미를 이야기하던 잡지였다. 영화가 상품이 아니라 예술이라는 것을 알려주었던 키노를 통해 수많은 씨네필들이 양산되었고 영화를 통해 공론의 장이 만들어졌다.

무엇보다도 나에게 키노는, 갈피 못 잡고 방황하던 시절의 길동무 같은 존재였다. 키노를 통해 탐닉한 수많은 영화, 기록영화와 소수자를 위한 영화, 독립영화들은 세계를 바라보는 시선을 확장해 주었다.

트뤼포는 "영화를 사랑하는 첫 번째 단계는 영화를 두 번 보는 것이고, 두 번째 단계는 영화에 관한 평을 쓰는 것이고, 세 번째는 영화를 만드는 것이다. 그 이상은 없다."고 했다.

내가 영화를 사랑하는 '두 번째 단계는 키노를 읽는 것이고, 세 번째는 영화모임을 만드는 것'이었다. 영화동아리를 만들자고 친구를 꼬셔 작은 모임을 시작했다. 키노가 학습도서 역할을 했다. 다음 해, 모임지기를 하던 친구를 중심으로 '강릉 씨네마떼끄'가 만들어졌다.

2000년대에 들어서자 인터넷이 부상하면서 비디오 대여점이 몰락하기 시작하고 극장들이 하나둘 폐관하기 시작했다. 키노도 몇 달씩 간행이 중단되는 파행을 겪다가 2003년에 폐간하게 되었다.

키노의 폐간은 큰 충격이었다. 육아휴직 중에도 키노 애독자모임 카페 포에버키노에 가입해 소극적이게나마 '키노 살리기 운동'을 했다. '키노 시네필', '정성일 키즈'로서 마지막 저항이었던 것 같다.

소도시 강릉에는 극장이 많았다. 1950년대 말에 개관해 1991년에 폐관한 강릉극장 외에도 내 기억에 있는 극장만 해도 신영극장, 동명극장, 중앙극장, 썬프라자극장, 문화극장, 동부극장, 씨네아트홀극장, 롯데리아극장이 있었다. 멀티플렉스 영화관이 등장하자 강릉문화의 상징이었던 신영극장도 2009년에 결국 문을 닫았다.

신영극장은 영화관 이상의 역할을 하던 곳이었다. 문화공연시설이 없던 시절에 영화상영 뿐만 아니라 공연과 발표회, 시민 행사가 열렸고 누구나 즐겨 찾는 곳이었다. 강릉 시내 번화가 중심에 있어 약속 장소이기도 했다. 누구라도 신영극장 앞에서 만나자고 하면 다 통했다.

폐관했던 신영극장은 3년 뒤 신영극장의 상징성을 그대로 담아 '강릉독립예술극장 신영'으로 새롭게 탄생하게 된다. 씨네마떼끄 운동의 확산과 더불어 한국영화의 르네상스 시기를 거치면서 성장해 왔던 '강릉씨네마떼끄'가 지역에서 지속해서 영화운동을 펼쳐온 결과였다. 국내 최초의 비영리 민간극장, 전국에서 두 번째로 생긴 민간 독립영화 전용관이라는 타이틀도 이를 증명한다.

신영극장은 정부의 문화정책과 지방정부의 영향에 따라 존폐의 기로도 여러 차례 겪었다. 그런데도 지금까지 멀티플렉스가 평정한 극장가에서 유일하게 살아남은 극장이 될 수 있었던 것은 꾸준히 정기상영회를 열고 인권영화제를 비롯해 다양한 공동체 상영을 활발하게 이어온 '강릉씨네마떼끄' 활동과 시민들의 지지가 있었기 때문이다.

'강릉씨네마떼끄'가 '정동진독립영화제'를 열어온 지도 올해로 26회를 맞는다. 정동진독립영화제에 대해서는 따로 언급할 필요가 없을 정도다. 영화제가 처음 열던 1999년 그날부터 매년 영화제를 준비하고 진행하는 모든 과정에서, 정동진독립영화제는 이미 한국영화사에 전후무후한 영화제가 되었다. 강릉의 문화적 자부심을 느끼게 하는 것들이 많고 다양하지만, 상업적 흐름에 떠밀려 소멸하지 않고 지역 소도시에서 문화적 가치를 지켜오는 일은 쉬운 일이 아니다.

얼마 전 이웃인 조성규 감독과 함께 명주동 골목의 작은 공연장 '단'에서 타르콥스키 다큐멘터리영화 상영회와 키노의 수장이었던 정성일 선생을 초청해 강연회를 열었다.

전국 각지에서 모인 씨네필들이 20년 전 영화의 시간 속으로 되돌아갔다. '정성일과 밤새 영화수다 떨어보기'를 상상했던 나의 소원도 이루어진 사심 충만한 날이었다.

키노 프로필 '100호' 표지는 키노가 사랑한 왕가위의 <화양연화>. 인생의 가장 아름답고 행복한 순간. 영화는 '그 시절은 이미 가 버렸다. 그 시대에 속했던 모든 것이 이제 더는 존재하지 않는다'는 자막과 함께 시작한다. 사라져버린 시절의 아련한 그리움. 현실이 영화가 되고 영화가 현실이 되는 순간들. 지금, 이 순간도 언젠가는 '화양연화'로 기억될 것이다.

다시 돌아온 경포

서울 한강, 제주 한라산, 경주 불국사처럼 어느 지역을 가든 그곳의 상징이 있다. 경포는 강릉의 상징임에도 많은 사람이 경포대, 경포호, 경포해변과 혼돈한다.

'경포해변'에서 가서 '경포대'에 왔다고 하고, '경포호'에 와서 '경포' 가려면 어디로 가야 하냐고 묻는다. '경포'에 와서 '경포대'가 어디에 있는지 모르고 가는 사람도 허다하다. '경포' '경포호'는 호수고, '경포대'는 '경포호'를 전망할 수 있는 누각을 말한다.

'경포호'는 1990년대까지 '경호'로 불리다가 2000년부터 쓰이게 된 지명이다. '거울처럼 표면이 맑은 호수'라는 의미로 '경호'라는 이름이 붙여졌다. '경포호'의 '포'는 바닷가를 뜻하는데 바다와 호수가 연결된 '석호'이기 때문에 '경포호'로 쓰이게 된 듯하다.

원래 명칭대로 바다를 '경포', 호수를 '경호'라고 한다면 혼돈을 줄일 수 있을 것 같다. 지금도 명칭을 되돌리자는 제안이 있는데 빨리 현실화했으면 좋겠다.

해운대는 부산 동백섬 동쪽 벼랑의 넓은 바위를 지명한 것이지만 달맞이고개와 그 주변을 포함해 넓게 부르는 것처럼, 경포는 과거 신혼여행과 수학여행의 성지였던 시절부터 경포 일대를 통칭하게 된 것 같다.

경포는 강릉의 상징이고, 강릉의 고유성과 정체성이 담겨 있으므로 강릉에 관해 설명할 때 나도 모르게 언급하게 된다. 굳이 안 해도 되는 설명을 장황스레 하는 것은, 오늘도 경포호수 3·1공원에서 경포가 어디냐고 묻는 관광객을 만났기 때문이다. 경포에서 경포를 물어보다니.

설명만 했겠나. 묻지도 않는 경포생태습지와 가시연습지 탐방을 하고 가라고 방문자센터까지 안내해 주고는 경포대 꼭 올라 가봐라, 선교장도 들렀다 가라 오지랖을 부렸다.

강릉에 대한 자부심 때문이라기보다 전직 직업병이 자동으로 도진 것이다. 지금은 참고 넘기는 편이지만 경포호 주변으로 산책하러 나가면 새들 놀라니 돌 던지지 마라, 꽃 꺾으면 안 된다, 원동기 장착한 탈것은 출입불가다, 경포도립공원 관리자처럼 굴 때도 있었다.

옛날부터 강릉은 익숙한 관광지 중의 하나였지만 단체관광에서 소규모 단위의 여행으로, 해외여행의 붐이 일고 여행의 트렌드가 바뀌면서 경포는 90년대 들어 철 지난 관광지가 돼가고 있었다. 바다를 찾는 사람들은 있었지만 주로 여름 한 철에 집중되었고 경포지역의 상권은 침체에 빠졌다.

당시 경포호는 수질 악화가 심각해져 강릉의 애물단지가 되고 있었고 경포권의 개발을 촉구하는 측과 경포호 생태를 복원하자는 시민단체도 대립하고 있는 상태였다. 심각한 지역갈등이 진행되는 가운데, 시민단체는 지역의 전문가들과 함께 경포호를 포함해 동해안 18개 석호에 대한 생태조사와 연구를 본격적으로 진행했다.

그 결과 6천 년 전 빙하기에 형성된 석호와 습지 생태에 대한 총체적인 이해와 더불어 오염의 원인이 밝혀지게 되면서 생태복원이 시급하다는 여론이 형성되기 시작했다. '강릉=경포'가 공식이 되어버린 강릉사람들에게 이대로 가다가는 경포호가 사라지게 될지도 모른다는 사실은 위기의식을 갖게 했다.

결국 시민단체가 제안한 지방정부와 전문가들, 지역주민이 참여하는 '경포습지복원 자문위원회'가 구성되었고, 2000년대 들어 복원사업이 시작되었다. 복원의 방향을 정하고 복원대상지 공간 구성과 복원과정을 거쳐, 7년 만에 멸종위기 동물들이 되돌아오고 생물들이 되살아나는 지금의 '경포생태습지'로 변모하게 되었다.

현재 큰고니를 비롯해 42과 152종의 조류와 가시연을 비롯한 77과 237종의 식물, 수달을 포함한 13종의 포유류가 서식하는 생물다양성의 보고가 되었다.

경포호에 가면 만감이 교차한다. 호수 한가운데 분수를 설치하고 오리배를 띄워 유원지를 만들자, 레이저쇼를 상설화하자, 수변에 리조트를 짓겠다는 계획이 추진될 때마다 성명서를 쓰고 기자회견을 열고 시위를 했다. 그럴 때마다 지역개발을 가로막는 빨갱이란 소릴 들었고 신체폭력을 당하기도 했다. 코미디 같은 시절이었다.

그런 시절을 겪으며 시민의식은 성장해 왔다. 경포습지를 아끼는 시민들은 스스로 공부해 아이들을 위한 생태프로그램을 진행하고, 경포습지를 찾는 여행자를 안내하는 일과 모니터링을 지속해서 이어가고 있다. 경포습지의 가치를 잘 아는 시민들과 방문객들이 존재하는 한 다시 그 옛날로 돌아가지 않을 것이라고 믿고 싶다.

경포습지가 다시 살아나는 동안 경포해변에는 대규모 리조트와 호텔들이 들어섰다. 도립공원 해제가 추진되면서 앞으로 개발은 더 빠르게 진행될 것이다. 경포호도 안전을 보장받을 수 없다는 것을 안다. 그러나 호수가 오랜 세월을 거쳐 자연적으로 퇴화할 수는 있어도 인간에 의해 손 쓸 수 없는 옛날로 다시 돌아가게 만드는 일은 없을 것이다. 경포습지의 가치 못지않게 시민들이 이뤄낸 생태복원의 경험은 이미 강릉의 유산이 되었기 때문이다.

경포호를 비롯한 동해안의 석호는 수천 년 자연생태계의 역사를 담고 있는 '자연사 박물관'이자 다양한 생명을 키워내는 '자연생태의 보고'다.

강릉의 경포와 순포, 주문진 향호, 양양 매호와 쌍호, 속초의 청초호와 영랑호, 고성의 송지호와 화진포를 비롯해 매립된 석호를 포함하면 18곳이 존재한다. 북쪽의 함경남도와 함경북도의 해안까지 포함하면 한반도 동해안은 석호로 연결돼 있다.

순천만과 같은 연안습지와 주남저수지와 같은 내륙습지는 널리 알려졌지만 동해안 석호가 해안습지라는 것을 아는 사람들은 많지 않다. 잔잔한 석호와 푸른 바다, 사구의 송림과 어우러진 경치는 우리나라 최고의 관광자원이라고 생각한다. 개발로 인해 환경오염의 악순환을 겪고 있거나 매립되는 석호들 가운데 유일하게 자연복원을 통해 되살아난 경포. 오래도록 우리 곁에 함께 하기를 소망한다.

강원도의 힘

강릉역을 지날 때면 떠오르는 사람이 있다. 지숙과 창식 아저씨. 야간열차를 타고 다음 날 강릉역에 내린 지숙이 한 여름 햇빛이 쏟아지는 역광장에 고개를 떨군 채 서 있다. 홍상수의 영화 <강원도의 힘>에서 강릉역이 배경인 한 장면이다.

지금은 KTX 개통으로 옛 모습을 찾아볼 수 없게 바뀌었지만, 내 기억의 강릉역은 하늘색 페인트가 칠해진 모노톤의 대합실과 한산한 광장의 건조한 풍경과 더불어 지친 모습으로 덩그러니 서 있던 지숙이 필름카메라에서 인화한 사진처럼 남아있다.

지숙이 실연의 상처와 죽음에서 벗어나기 위해 강원도 여행을 선택했다면, 창식 아저씨는 삶에서 벗어나기 위해 강릉행 기차를 탔다. 마지막으로 바다를 보고 죽어야겠다고 결심한 그는 청량리역에서 막차를 타고 강릉으로 왔지만 차마 죽지 못하고 여러 날 강릉역 주변을 배회하다 강릉역 파출소를 통해 노숙자쉼터로 인계되었다.

IMF 사태로 어수선했던 2000년 무렵, 자살을 결심하고 온 실업자들이 강릉역 주변에 넘쳐났다. 당시 시민단체들이 중심이 되어 실업극복국민운동본부를 결성하고 활동을 했는데 노숙자쉼터도 그 활동 중 하나였다.

강릉역 근처 중기골목에 노숙자쉼터를 마련하고 노숙자들에게 숙식을 제공하고 자활과 일자리 마련을 도왔다. 나도 활동가들과 함께 노숙자쉼터에서 지원업무를 했는데 쉼터는 평온한 날이 없었다. 어쩌다 조용한 날도 무슨 일이 일어나지 않을까 긴장을 놓을 수 없었다.

공황장애를 앓던 반건달 청년, 자식들에게 버림받고 쫓겨나온 어르신, 부도를 내고 온 중소기업 사장, 실업자를 가장한 백수, 갖은 사연을 지닌 사람들이 한 공간에 지내면서 칼부림을 하며 싸우거나 석유통을 엎어 불을 지르기도 했다. 주사를 피우거나 욕설과 고성이 오가는 편이 오히려 나았다.

창식 아저씨는 여느 노숙자들과 달랐다. 어떤 이유로 이곳까지 오게 되었는지 무슨 일을 했는지 그는 자신에 대해 끝까지 침묵으로 일관했다. 쉼터에서는 차분한 성품에 매너 있는 생활 태도를 유지했고 자활 일자리로 연계해 준 숲가꾸기 현장에서도 성실하게 일했다. 그랬던 그가 어느 날부터 말수가 많아지고 하지 않던 행동을 하기 시작했다. 처음에는 쉼터에 적응하면서 자신을 오픈하기 시작한 것이라 여겼지만 갈수록 이상행동을 보였다.

활동의 보람은커녕 밑 빠진 독에 물 붓기를 하고 있다는 생각에 지치기도 했지만 창식 아저씨를 보면서 언젠가는 노숙자들도 자활에 성공해 사회로 돌아갈 수 있을 것이라는 일말의 기대가 있었다. 그러나 수습이 힘든 사고를 치거나 쉼터를 곤란에 빠지게 만드는 일이 점점 많아지면서 그에 대한 실망과 배신감이 커져 갔다.

얼마 후, 나는 실업 극복 활동을 지역의 사회복지시스템 개혁으로 확장하기 위해 자활센터와 사회복지법인 설립을 준비하면서 노숙자쉼터를 떠나게 되었고, 한참 뒤에 창식 아저씨의 자살 소식을 듣게 됐다. 마음이 아팠지만 일을 하며 그를 점점 잊어갔다.

창식 아저씨를 다시 떠올린 건 심리학 공부를 하면서부터다. 그 당시 부분적으로나마나 노숙자들의 의료지원과 알코올 중독 상담이 진행되긴 했으나 시스템이 갖추어지기 전이라 운영에 한계가 있었다. 그러나 활동가로서 분열증, 공황장애를 비롯해 마음의 질환을 앓고 있던 분들에 대한 이해가 부족했다는 사실이 오래도록 나를 괴롭혔다. 특히 창식 아저씨에 대한 죄스러움은 도무지 사라지지 않았다.

죽지 못하고 강릉역을 배회하던 그의 심정은 어땠을까. 대합실 벤치에 앉아 있는데 울음이 터졌다. 지숙이 서울로 돌아가는 버스 안에서 소리 내 울었던 그때처럼.

강릉에 온 지 1년이 되어가는 청년 H는 군대 간 내 아들 또래다. 부모님의 이혼으로 동생과 독립해 살다가 동생이 자살하자 충격을 받아 자신도 어렵게 들어간 대학을 자퇴하고 무작정 강릉으로 내려왔다. 한밤중에 몇 번이나 바다에 뛰어들었지만 겁이 나서 그만두었다고 했다. 인력센터에 나가 일하면서 독학하고 있다며 철학자들의 사생관에 대해 이야기했다. 청년에게 철학은 어떻게든 살아 보려고 붙잡고 있는 구명튜브 같았다. 돈이 모이는 대로 세계여행을 떠날 거라고 했다. 그의 여행 출발지가 강릉바다라는 것이 가슴 먹먹하게 다가왔다.

꽃다발을 들고 혜선 씨가 왔다. 강릉을 떠난다고 작별인사를 하러 온 것이다. 나는 꽃을 받아 든 채로 그녀를 꼭 안아주었다. 꽃을 선물 받아야 할 사람은 혜선 씨였다. 그녀는 5년 전 시한부 선고를 받고 강릉으로 내려왔다. 혜선 씨는 투병하지 않았다. 병과 싸우고 자신과 싸우는 대신 송정 솔밭을 맨발로 걷고 대관령 숲에 기대 지냈다. 병이 다 나은 것은 아니지만 노모를 모시러 간다고 했다. 인생은 누구에게나 시한부라는 것을 조금 일찍 받아들인 그녀를, 천천히 오래 보았으면 좋겠다.

살지도 못하고 죽지도 못하는 사람들이 현실의 고통으

로부터 멀리 달아나기 위해, 오지 않은 미래에 대한 불안을 안고 낯선 곳을 향한다. 그래서일까. 강원도의 첩첩산중 망망대해는 여행을 위한 여행지와는 다른, 비현실적이고 낯선 선택지라는 생각이 든다.

여행이란 삶을 피하고도 싶고 무언가를 얻고 싶은, 도피와 탐색을 동반하기에 길 위에 이루어진다. 삶 속의 죽음, 죽음 속의 삶이 공존하듯 주변 세계를 벗어나 강원도라는 중간계에서 전환적 경험을 통해 살아갈 힘을 얻어 갈 수 있다면. 그랬으면 좋겠다.

일구지난설(一口之難說)

밤새 굉음을 내던 바람이 아침이 되어 잦아드나 싶더니 오후가 되니 다시 분다. 꽃놀이 기분 낸다고 차려입은 원피스는 하늘거려야 하건만 찢어진 현수막처럼 뒤집혀 펄럭거리고 머리는 쇠미역처럼 헝클어진다. 낭만은 개뿔. "바람에 떨어지는 꽃잎을 보며 눈물이 나는 것은 봄날의 속절없음 때문이 아니라 흙먼지가 눈에 들어갔기 때문." 이라고 고춘자식 만담조로 투덜거려본다. 날 한번 잘 잡았다. 바람이 불지 않으면 봄이 아니지.

4월이면 어김없이 미친 바람이 불어댄다. 이곳 사람들이 똥바람이라 부르는 양간지풍(襄杆之風)이 시작된 것이다. 영동지방 날씨를 일러 '통고지설 양강지풍 일구지난설(通高之雪 襄江之風 一口之難說)'이라고도 한다. '통천과 고성에는 눈이 많고, 양양과 강릉에는 바람이 많은데, 겪어보지 않은 사람들에게는 한마디로 설명하기 어렵다'는 말이다. 전봇대가 부러지고 지붕이 날아가고 간판이 떨어질 정도다. "아이고, 일구지난설이네. 일구지난설이야." 강릉 토박이들은 똥바람이 불어대거나 폭설이 오면 부지불식간에 이 말이 튀어나온다.

양간지풍은 봄철에 심한 기압 차와 기온 역전으로 인해 강원 영서에서 영동지역으로 매우 강한 바람이 부는 현상을 말한다. 기온역전층이 위로 올라갈수록 온도가 높아지면서 압축된 찬 공기는 강한 서풍 기류가 형성되어 태백산맥 산등성이 사이 좁은 틈새로 빠져나가게 되는데, 이때 가파른 산맥의 경사면을 타고 영동지역으로 내려가면서 매서운 바람으로 변한다.

돌이 날아다닐 정도로 맹렬한 태풍급 위력을 갖게 된 이 국지성 바람은 해마다 동해안 지역에 대형산불을 일으켰다. 지난해 4월, 막대한 손해를 끼친 경포 일대의 산불도 양간지풍 때문이었다. 시속 136km로 불어닥친 강풍에 소나무가 부러지면서 전깃줄을 건드려 불씨가 번진 것이다. 양간지풍이 불 때마다 대형산불이 연례행사처럼 발생하다 보니 고온 건조한 봄철에는 사람들이 늘 긴장 상태가 된다. 강풍이 불면 본능적으로 긴장하게 되고 소방차 소리만 들어도 신경이 바짝 곤두서며 불안해진다.

산불을 직접 겪어보면 그 공포는 말로 다 할 수 없다. 야산을 타고 내려온 산불이 이명고개와 교동 일대 주택가로 들이닥쳐 짐 쌀 틈도 없이 집에서 뛰쳐나온 적이 있다. 불덩이가 도로 위를 날아다니며 건물을 폭격하듯 습격했고 불벼락을 맞은 주택들이 삽시간에 전소됐다. 지척에 소방차가 있었지만 주유소를 사수하느라 발이 묶여 있었던 터라, 속수무책으로 타들어 가는 집을 바라보며 사람들은 발을 굴러야 했다.

엄마가 계신 시골집은 대관령 끝자락 마을에 있다 보니 지속해서 산불 위험에 시달린다. 2017년 봄, 대관령 어흘리에서 발생한 산불이 보광리와 관음리, 위촌리 일대를 훑고 유천택지와 고속버스터미널 인근까지 내려왔었다.

산불 소식을 듣고 곧장 달려갔지만 마을 입구는 출입이 진작에 봉쇄된 상황이었다. 노모 혼자 계신다고 통 사정을 해 마을 안으로 들어갔지만 마을 전체가 불길에 싸여 한 치 앞이 보이지 않았다.

산에서는 대포를 쏜 듯 커다란 폭발음이 연신 울렸고 불길과 함께 연기와 검은 재들이 정신없이 날아다녔다. 뜨거운 열기에 몸이 타들어 가는 것 같았고 숨을 쉴 수조차 없었다. 공포에 질려 오도 가도 못 하고 그 자리에 주저앉아 버렸다. 아버지가 돌아가셨던 날처럼 그날 일부가 기억나지 않는다. 전쟁을 겪어보지 않았지만 전쟁의 공포가 이런 것이 아니었을까 싶다.

다행히 화재진압 지원을 나와 있던 사천면 의용소방대가 집을 필사적으로 사수해준 덕분에 피해는 면했지만, 산불 진압이 끝난 이후에도 땅속에 숨어있던 불씨들이 바람이 세지는 밤이면 다시 살아나기를 여러 날 반복했고, 그때마다 집에 올라가 잔불을 꺼야 했다.

곳곳에 불타버린 집들과 까만 민둥산이 되어 버린 산을 바라보기가 이루 말할 수 없이 처참했다. 강릉뿐만 아니라 인근 옥계를 비롯해 같은 영동권인 고성, 양양, 동해, 삼척에서도 양간지풍으로 인한 산불이 잦다. 어마한 면적의 산들이 산불에 휩싸일 때마다 가슴이 타들어 간다.

2000년대 들어와 태풍과 산불 등 자연재해가 급격하게 잦아진 것을 두고 일각에서는 대관령 산신이 노했기 때문이라는 소릴 한다. 대관령에 터널을 뚫어 영동고속도로를 확장한 탓에 평상시 40분이던 구간이 15분으로 단축되었다. 눈이 올 때는 몇 시간 동안 정체되기도 했던 구간이 날씨의 영향을 받지 않게 된 것이다. 2018년에 개통한 KTX도 대관령을 관통하고 있으니 산신이 아니더라도 대관령의 자연환경에 큰 영향을 줄 수밖에 없었을 것이다.

봄이 시작되기 전, 올해도 산림 관계 기관들이 대관령에 모여 산불을 막아달라는 산신제를 지냈다. 선거철 짝수 해는 대형산불이 발생한다는 징크스 때문인지 산신제가 더 절실하게 느껴졌다.

풍재를 막기 위해 '영등신' '영등할머니'라 부르는 풍신을 모시기도 한다. 하늘에 있는 풍신은 2월 초하루에 지상으로 내려와 보름간 머물렀다 올라가는데, 영등이 내려올 때 바람이 불면 바람영등, 비가 오면 물영등이라고 한다. 영등할머니가 바람영등에는 치맛자락을 나풀거리며 어여쁜 딸을 데리고 내려오는 것이고, 물영등에는 비에 젖어 밉게 보이는 며느리를 데리고 온다고 한다. 강릉 똥바람에 치맛자락이 나풀거리기는커녕 다 뒤집힌 행색으로 매년 내려와야 하는 바람영등의 딸도 어지간히 힘들 것이다.

신을 모시고 신의 보살핌을 간절히 원할 정도로 불가항력의 자연재해를 안고 살아야 하는 곳의 숙명이기도 하겠지만, 더 편하고 더 많이 누리려는 우리들의 욕망이 나쁜 결과를 겪는 것이라고 본다.

바람과 함께 시작한 봄이 어느새 바람과 함께 끝나고 있다.

나만의 성소가 필요해

집 근처에 작은 방 하나 얻는 것이 소원이라고 노래를 부르는 내게 그가 물었다. 그래, 그 집에서 뭘 하고 싶은 건데. 그냥 혼자 있고 싶어. 볼륨 신경 안 쓰고 아무 때나 음악 듣고 방문 연 채로 마당에 비 오는 거나 볼 수 있으면 좋겠어.

20년째 은행 빚을 갚고 있는 집을 놔두고 혼자 숨어있겠다고 집타령 하는 철없는 마누라를 달랠 요량이었는지, 그는 때때로 나의 '집 순례'에 동행해 주었다. 어쩌면 그도 마음 한쪽에 방 하나 두고 싶었을지도 모른다.

한밤 산책길에 홍제동 발락고개 좁은 골목마다 노란 불빛이 새어 나오는 집 창문 앞을 기웃거리고, 한갓진 날엔 경계 없는 길과 밭이 마당이 되어버린 지붕 낮은 병산마을의 집들을 보러 다녔다. 옛 상고 후문 갈매기상점에서 시립미술관 가는 길과 노암터널에서 남산까지, 찾을 수도 없는 어릴 적 살던 집을 찾아다니기도 했다.

반듯하고 예쁜 집엔 눈길이 가지 않았다. 작고 허름한 집, 되려 빈집을 만나면 내 집인 양 마음이 편했다. 쉼이 필요한 날엔 순포습지 안길 끝 자작나무 숲과 칠봉산 아래 산북, 대관령 길목 어흘리와 왕산 목계리 골짜기, 부연동 오지 산골 마을로 빈집과 폐가를 찾아다녔다. 먼지 쌓인 마루에 앉아 졸거나 폐허가 된 뜰의 마른 잡초를 뽑다가 늦저녁에 돌아오곤 했다.

곳곳에 빈집을 내 집인 양하고 다녔지만 '방 하나' 얻고야 말겠다는 열망은 커져만 갔고, 급기야 식구들 모르게 주문진 등대마을에 한 달짜리 방을 계약하고 말았다. 식구들이 이해할 일이 아니었고 경제적인 부담 때문에 그나마 한 달 선에서 타협하게 된 것이었다.

겨울이 끝나는 2월 한 달 동안, 나는 부지런히 '그 집'을 만끽하기로 하고 아침저녁으로 드나들었다. 집에서 꽤 먼 해안도로를 달려가 출근하기 전 아침과 퇴근 후 저녁, 휴일 오후를 '그 집'에서 보냈다. 바다를 바라보는 일이 전부였다.

하루를 만난 건 그해 봄이었다. '사회적응 거부선언'을 하고 세계를 떠돌던 하루는 코로나 때문에 한국에 임시 거주할 요량으로 친구들과 함께 강릉으로 온 것이었다.

그들은 자신들의 주거지 반경에서 예상치 못했던 '짜이가게'를 발견하게 되었고, 짜이가게 주인인 나는 동물해방운동을 하는 퀴어-아나키 예술활동가들과의 조금은 낯선 만남을 시작하게 된 것이다. 이후, 생각을 공유하는 친구들과 자연스레 연결되면서 소소한 지역 활동도 함께하기도 했다.

겨울이 되자 각자의 작업을 위해 다른 지역으로 가게 되면서 하루는 내게 비어있는 집이 동파되지 않도록 돌봐달라고 당부했다. '그 집'은 내가 동네 산책하면서 오랫동안 눈여겨보던 작은 옥탑방이었다. 평범한 외관과는 달리 주워 온 가구와 나뭇가지, 천을 둘러 꾸민 집은 야생동물이 머물다간 동굴 같기도 했고 히피들의 움막 같았다. 겨우내 이따금 들러 보일러를 돌리고 수돗물을 살피는 동안에도 '그 집'이 나와 인연이 될 거라고는 생각하지 못했다.

그들은 겨울이 끝나도록 돌아오지 않았고 나는 하루로부터 집을 인계받았다. 남편도 쉽게 동의해주었다. 몇 해 동안, 아파트 발코니에 박혀서 책을 보거나 그림을 그리며 보낸 자발적 유폐도 자연스레 끝나게 되었다.

오랜 시간 공들여가며 천천히 집을 수리했다. 닫으면 열리고 열어두면 닫히는 방문, 누구나 마음먹으면 깨고 들어올 판인 출입문, 얼룩진 천장과 깨진 창문, 바람 새는 벽. 집은 성한 곳이 없었다. 내 상태와도 같았다.

세 든 집을 왜 자기 돈 들여 고치냐는 염려를 들어야 했지만, 집을 수리하는 동안 흔들리고 불안했던 내 상태도 많이 회복되어 갔다.

무엇 때문에 그토록 '나만의 성소'를 갈망했는지 생각해 보았다. 외부로부터 끌려다니지 않고 자극으로부터 보호받을 안전한 피난처가 필요했다. 온전히 나의 내면 깊이 들어가 머물고 싶었다. 상처가 없었다면 밖을 향해 있는 내 삶을 안으로 불러오지 못했을 것이다. 그것이 '영혼의 거처'를 찾아 헤매게 한 이유인지도 모른다.

프로이트와 결별하고 심리학계를 떠난 칼 융은 47세에 스위스 취리히 호수 근처에 자신의 손으로 돌집을 짓고 칩거하며 죽을 때까지 자신에게 몰입하며 지냈다. 단순한 노동과 원시에 가까운 생활을 하며 돌에 글씨를 새기고 자신의 꿈을 분석하는 글을 썼다. 자신의 영혼에 몰두할 장소에서 자기 자신과 가장 가까워지는 시간을 보낸 것이다.

르 꼬르뷔지에가 지은 '롱샹성당'과 그가 여생을 보낸 '카바농'을 보고 싶어 프랑스 여행을 한 적이 있다. 그는 수많은 건축물을 유네스코 세계 문화유산에 올렸지만, 자신의 여생은 지중해가 내려다보이는 숲이 우거진 절벽에 4평짜리 오두막에서 보냈다. 그에게 카바농은 인생의 본질과 만날 수 있는 더할 것 없이 완전한 공간이었다.

누구에게나 자신만의 '성소'가 필요하다. 호숫가 돌집이든, 동네 성당이든, 바닷가 어디든, 자신의 영혼에 몰두할 수 있는 곳이면 된다.

고방 유리창으로 스며든 빛 무늬가 탁자에 내려앉는다. ‘정소’에서 내가 가장 사랑하는 오후의 순간이다. 찻물을 올리고 찻통을 꺼낸다. 지난겨울 치앙마이 여행에서 티 가게에 들러 사 온 블렌딩 홍차다. 태국 남쪽 숲속 향기를 담았다는 문구처럼 차 맛이 향긋하고 신선하다. 무엇보다 이 차를 산 이유는 틴케이스가 예뻐서다. 차도 좋아하지만 틴케이스를 정말 좋아한다. 빈 통을 바라보고만 있어도 좋다.

찻물이 끓어 오른다. 찻잔에 찻잎을 넣고 차가 우려지는 동안 책상 서랍에 넣어둔 연필을 꺼낸다. 아끼는 수제노트를 펼치고 맨 첫 장에 메리 올리버의 ≪완벽한 날들≫ 한 구절을 옮겨 적는다.

“다른 많은 날들에도 그랬듯이 작은 노래 하나가 내 마음에 흐른다.”

두 번째

대관령과 동해, 강릉은 하나의 그림 안에 있다

감자바우 감자전(傳)

몸을 잘 돌보는 편이 아니고 함부로 굴리는 쪽에 가깝다 보니 고장이 잦다. 감기에 걸리거나 소화불량처럼 가벼운 병증이 감지되면 약을 먹기보다는 일단 굶는다. 몸이 탈이 났다고 신호를 보내면 브레이크를 밟을 겸, 몇 년에 한 번은 긴 단식을 하곤 한다.

단식은 생각보다 어렵지 않지만 참을 수 없는 식욕에 사로잡힐 때가 있다. 그땐 단식이 끝나면 먹을 음식을 떠올려 본다. 찐 감자, 감자수제비, 감자전……. 오로지 감자. 다른 음식은 떠오르지도 않는다.

상상만 해도 충만한 감자. 어릴 때 입이 짧아 잘 먹지 않았고 간식으로 삶은 감자 한 알 쥐여주면 그걸로 끝이었다고 한다. 지금이야 편식도 없지만, 특별히 찾아서 즐기는 음식도 없다. 그래도 한가지 꼽으라면 무조건 감자다.

감자 타령을 하도 해서인가 시부모님은 평생 감자 농사를 짓던 분들이었고, 남편도 친환경 감자를 생산하는 영농조합에 관여하고 있다. 감자에 물릴 만한 환경인데도 질리기는커녕 이렇게 감자 얘기를 쓰고 있으니 달구 어엽다(도무지 어이가 없다).

강원도 사람들은 척박한 자연환경에서 구황작물인 감자 농사를 많이 짓는 까닭에 '감자바우'라 불렸다. 안타깝

게도 경상도 '보리문디'처럼 지역감정을 악의적으로 담거나 깎아내리는 뜻으로 불리기도 하지만, 이곳에 태어나고 자란 사람으로서는 오히려 지역에 대한 깊은 유대감과 감자에 대한 자부심을 느낀다.

대부분 강원도 하면 감자를 떠올린다. 강원도 안에서도 여러 지역이 서로 감자의 원조라 하지만, 강릉은 1961년 '고랭지농업연구소'가 대관령에 설립되면서 본격적으로 감자품종 개발이 진행되었고, 감자전과 감자옹심이와 같은 감자 음식을 일상적으로 가장 많이 접할 수 있는 곳이다.

강원도의 음식은 다른 지역에 비해 화려하지 않지만 소박한 정취가 있다. 감자옹심이는 감자를 갈아 감자녹말을 섞어 반죽한 뒤 경단을 만들어 끓여 먹는 대표적인 감자 음식이다. 감자옹심이와 곁들여 먹기도 하는 감자떡은 감자를 삭힌 감자가루로 만든다. 감자를 오랫동안 물에 담가 썩힌 뒤 맑은 물이 나올 때까지 계속 물을 갈아주면서 녹말을 내린다. 삭히기보다 썩힌다는 말이 맞겠다. 썩는 냄새를 견디며 공들여 만들어 낸 썩감자 가루로 반죽해 감자떡과 감자옹심이를 해 먹는다. 구수한 풍미가 특징인 심심한 맛. 강원도의 맛이다.

엄마는 썩감자 가루를 주면서 사람 일 어찌 될지 모르니

비상식량으로 잘 보관하라고 하셨다. 100년이 가도 썩지 않는 감자가루가 6·25전쟁을 경험한 세대에서 코로나 역병이 도래하는 세대로 이어진 셈이다.

순하고 탈이 없는 감자는 흉년으로 기근이 심할 때나 보릿고개를 넘어야 하던 시절에는 구황작물이었고 지금은 반찬과 간식에 이르기까지 다양하게 활용되지만 뭐니 뭐니 해도 감자로 만든 최고의 별식은 '감자전'이라 할 수 있다.

감자전은 강릉시장과 월화거리, 병산마을에서 일 년 내내 먹을 수 있지만 단오장터에서 단오신주와 먹는 감자전이 제일 맛있다. 축제의 분위기 탓이기도 하겠지만 하지 무렵 처음 수확한 햇감자로 지져내니 맛이 없을 수가 없다.

단오 기간에는 중앙시장과 남대천변 단오 장터 가는 길목의 식당들도 난전을 내고 감자전을 지져 판다. 축제 기간에는 어지간한 상업행위를 허용해 주는 것이다. '감자적 난전'에서는 큰 대야에 물을 받아 장정 주먹만 한 햇감자를 깎아 한가득 담아놓고 철 강판에 팔뚝이 빠지도록 힘을 줘가며 썩썩 갈아 즉석에서 감자전을 지져준다. 단오장에 와서 다른 건 못해도 감자전은 꼭 먹어야 한다.

T는 강릉을 내려오면 예외 없이 서부시장으로 감자전을 먹으러 간다. 외지 사람은 강릉에 오면 대체로 횟집을 찾지만, 강릉이 고향인 그녀는 도착하자마자 '감자적' 타령으로 시작해 마지막 기차를 탈 때까지 '감자적' 집에서 한을 풀다 간다. 물론 막걸리의 역할도 지대하지만. 그만큼 먹었으면 질릴 만도 할 텐데 강릉에 와서 다른 음식 먹는 걸 못 봤다. 서울 전집에서 파는 밀가루 섞은 감자전이 감자전이냐며 매번 핏대를 세우며 성토한다.

감자전을 감자적이라 하는 데는 감자를 특별하게 여기는 뜻이 담겨 있다. 김치전 파전처럼 지진 '전'이 아니라 소고기산적과 두부소적처럼 구운 것을 '적'이라 하는데, 제사상에 올리는 음식처럼 귀한 대우를 해준다는 의미가 담겨 있다고 한다.

감자적을 어떻게 부치는지 방법을 놓고도 설전이 벌어지기 일쑤다. 주재료인 감자는 뒷전이고 감자를 어떤 방법으로 갈고 부치는가가 중요하다. 감자적은 믹서기가 아닌 강판에 가는 것은 기본이다. 플라스틱 강판이 아니라 반드시 철판에 못질로 구멍을 뚫어 만든 강판이어야 한다는 것. 감자섬유질이 살아있어야 식감이 좋기 때문이다. 최적의 식감을 위해서 강판을 만들 때 사용되는 못의 크기와 굵기, 구멍의 간격, 심지어 못구멍을 가지런히 내느냐 불규칙하게 내느냐를 가지고 논쟁을 하는 것을 보고 웃다가 뒤로 넘어간 적이 있다

프라이팬은 코팅팬이 아니라 가마솥 뚜껑이나 무쇠팬이어야 하고, 기름은 많이 둘러서도 안 되고 무를 잘라 만든 기름붓으로 적당한 양을 골고루 발라서 구워야 한다. 감자를 갈고 가라앉은 녹말을 얼마나 보태 넣느냐, 두께는 어때야 하느냐에 따라 식감이 달라진다. 감자에 채를 썬 애호박이 꼭 들어가야 한다, 부추와 아주 매운 고추만 넣어야 한다는 의견이 갈리고 언쟁이 벌어진다. 감자적 먹으러 와서 적(敵)을 만들 판이다. 어찌하여 감자전에 이토록 목숨을 거는 것인가. 그야말로 감자바우들의 감자전(傳)이다.

수렵 채집 생활

집을 나서는데 살짝 스치는 바람이 여느 때와 다르다. 바람에 흙내음도 섞인 것 같고 설명할 수 없지만 하여간 공기가 다르다. 입춘이 지났으니 봄이 오는 게지 싶어 달력을 본다. 우수가 이미 지났고 보름 뒤가 경칩이다. 시간도 빠르지. 마음이 급해진다.

작년에 생강꽃 따는 걸 깜빡하는 바람에 올해는 시기를 놓치지 말아야지 하고 벼르고 있다. 부연동에 가서 김창기 이장님이 이르는 대로만 하면 된다. 계곡 비탈은 피하고 안전하게 채취할 수 있게 미리 살펴주신다. 그뿐인가. 마을분들이 캔 명이나물과 취나물까지 챙겨주신다.

봄이 오면 산에 제일 먼저 피는 생강나무 꽃을 산수유나무 꽃과 구별할 줄 알게 된 것은 몇 해 되지 않았다. 숲해설가들에게 참나무 설명을 그리 듣고도 여태 갈참, 굴참, 상수리, 떡갈나무 이름 기억하기도 벅찬데 생강나무 꽃은 직접 채취하고 나니 한눈에 구별하게 되었다.

강릉이 좋은 이유는 많지만, 수렵 채집 생활을 하기에 적합한 자연환경을 먼저 꼽고 싶다. 강, 바다, 석호가 있고 들판과 논밭, 마을 숲과 깊은 산까지 두루 공존한다. 이럴 때 생각나는 천혜의 자연환경이란 '보기에 좋더라'가 아니라 '누릴 게 많더라'는 뜻이겠다.

돌아가신 부친은 물과 산을 좋아하셨다. 봄이면 발왕산과 오대산까지 가서 산나물을 자루 한가득 뜯어 오셨다. 가마솥에 삶아 널어 말린 나물은 이듬해 정월대보름 밥상에 오를 때까지 넉넉하게 먹었다. 여름이면 부친을 따라 성산 천변과 왕산, 보광리 계곡을 비롯해 물이 있는 곳으로 하루가 멀다고 피서하러 갔다. 속 깊은 양은찬합 안에 된장 바른 보리밥을 한 숟갈 바르고 헌 러닝셔츠 천에 구멍을 뚫어 씌운 뒤 물풀이 많은 바위틈에 보쌈(어항)을 넣어두면 가재와 물고기들이 한가득 찼다. 보쌈이 차는 동안 반두질로 잡은 용곡지, 모래무지, 꾹저구까지 한솥에 넣어 추어탕을 끓여 먹었다. 솥과 도마, 쌀이며 양념까지 대야에 담아 차에 싣고 다녔으니 천렵 자체가 목적인 피서였던 셈이다.

해수욕은 주로 외지에서 놀러 온 친척들과 안인으로 갔는데 지금 생각해 보니 가까운 곳을 두고 먼 곳까지 간 이유는 섭(자연산 홍합)과 바위굴(여름이 제철인 깊은 바다에 서식하는 대형 굴) 때문이었던 것 같다. 해변을 돌아다니며 마른 나무를 주워와 눈이 따갑도록 불을 지펴 섭을 삶고, 맨몸으로 힘들게 잠수까지 해가며 잡아 온 바위굴을 서로 발라주며 나눠 먹었던 기억이 선하다. 지금도 영진이나 사근진에 가면 어릴 때 버릇 때문인지 발가락으로 모래를 헤집어 째복(비단조개)을 찾는다. 가을에는 주로 더덕이나 약초를 캐서 술을 담그고, 머루와 달래는 흔한 간식으로 먹었다.

어느 해 겨울에는 부친이 파출소에서 공기총을 빌려와 산토끼 사냥을 가자 하셔서 따라나섰다. 두려움 반 호기심 반에 따라 간 토끼 사냥은 허탕을 치고 눈이 허리까지 빠지는 하산길에 어흘리 삼포암 근처에서 죽은 꿩 한 마리를 발견했다. 누군가 싸이나(청산가리)를 뿌린 곡물을 야생동물 미끼로 놓았던 것이다. 그날 저녁 우리 식구는 꿩만두를 맛있게 먹었다.

오랜 시절의 이야기 같지만 농산어촌 도시에 살면 수렵채집은 여전히 생활이 될 수밖에 없다. 봄 들판을 걷다가도 나도 모르게 발밑에 쑥과 냉이가 있는지 살피게 된다. 달래도 캐고 오가피순과 두릅순도 따야 한다. 다 먹지도 못할 앵두를 홀린 듯 따다 보면 나무 한 그루를 다 훑을 때가 있다. 밤을 주울 때도 마찬가지다. 먹을 게 없는 시절도 아닌데 이렇게 악착같이 굴다니. 미안한 마음에 앵두는 나무 주위에 새 먹이로 도로 뿌려 놓기도 하고, 주머니 가득 주운 밤은 다람쥐가 지켜보는 가운데 던져주기도 한다.

정동진에 작은 배 하나를 가진 사람이 있다. 그에게 바다수영을 배운 친구와 나는 정동진에 자주 드나들었다. 어느 날 그는 식량을 구하러 가자며 우리를 배에 태우고 바다로 갔다. 바다 한가운데 멈춘 뒤 낚싯줄을 내리고 가자미 낚는 방법을 설명해 주었다. 추가 바다 밑바닥에 닿도록 한 다음 가자미가 입질했다 싶으면 줄을 끌어 올리라는 것이었는데, 그건 완전히 감각에 의존해야 하는 일이었다.

고요한 가운데 일렁이는 배에 앉아 낚싯줄을 드리우고 짙푸른 투명 속으로 빨려 들어가고 있을 때, 돌고래 한 마리가 나타났다. 곧 두 마리가 합류했고 장난을 치듯 배 주위를 빙빙 돌았다. 돌고래와의 만남을 상상해 본 적은 많았지만 이렇게 갑작스레 만나게 되니 당황스러웠다. 돌고래와 여러 번 만났다는 그는 휘파람 소리를 내며 돌고래와의 조우를 즐겼다. 지금도 그날을 생각하면 꿈을 꾼 듯하지만 정동진에는 분명히 돌고래가 살고 있었다.

집으로 돌아와 가자미회를 먹는 동안 그는 산에 올라가 송이버섯을 따왔다. 앞마당이 바다고 뒤뜰이 산이라 먹을거리 걱정은 안 하고 산다며 자급자족의 삶을 만족해했다.

내 경험에 비춰봐도 채집은 인간의 본능인 것 같다. 지구에 최초의 인류가 등장한 280만 년 전부터 농업을 시작하기 전까지 기간을 계산해 보면, 인류 진화역사의 99%가 수렵 채집의 시대라는 계산이 나온다. 지금 우리가 문명의 시대 살고 있다고 하지만 인류의 전체 시간 속에서 보면 찰나의 순간일 것이고 우리 몸은 수렵 채집의 유전자를 지닌 것이 당연하다. 그렇지 않다면 번잡한 수고가 따라붙는 캠핑을 매주 떠나고 〈나는 자연인이다〉를 혼이 빠지도록 시청하는 사람들이 그리 많을 순 없을 것이다. 그 유전자는 자연 속에서 몸이 반응하고 감각할 때 증명되는 법이니까.

아무튼, 이번엔 아무리 바쁘고 정신없어도 생강꽃 피는 시기를 놓치지 않겠다. 가지눈 사이로 몽글하게 핀 생강꽃을 떠올리기만 해도 향기가 맡아진다. 기다려라, 부연동 숲!

초당두부 잔혹사

살림경력이 오래됐지만 숫자와 셈이 약하다는 이유로 관심을 두지 않아서인지 물가에는 영 젬병이다. 마트에서 장을 보면 상품의 성분표나 상태를 먼저 살피고 비슷한 제품끼리 가격 비교해서 대충 산다. 그리고는 가격을 잊는다. 누가 기름 한 병이 얼마냐 두루마리 휴지 한 상자가 얼마냐 묻기라도 하면 낭패지만 두붓값은 바로 대답할 수 있다.

장 볼 때마다 두부를 사기 때문이다. 두부는 여느 식재료와 달리 냉장고에 꼭 있어야 안심이 된다. 아무리 먹어도 질리지 않고 조리하기 쉬운 게 두부만 한 것이 없다. 밥하기 싫을 때 간단하게 끼니 때우기도 좋지만 뭐니 뭐니 해도 나 같은 집술 귀신에게는 훌륭한 안주 재료이기 때문이다.

냄비에 무를 썰어 얇게 깔고 그 위에 두부를 얹고 파, 마늘, 고춧가루와 새우젓을 넣은 간장 양념을 넣어 바글바글 끓여 내는 두부찌개 하나면 밥상 겸 술상 차림의 끝이다. 제일 좋아하는 두부요리는 모두부를 반으로 갈라 두툼하게 썬 다음, 물기를 살짝 닦아내고 들기름에 지져서 산초간장에 찍어 먹는 것이다. 제피잎이나 산초열매를 고명으로 올리고 생들기름을 두른다면 이건 이미 저세상 레시피인 것이다. 여기서 두부는 강릉 초당두부를 말한다. 실례를 무릅쓰고 말하자면 일반두부는 두부로 치고 싶지 않다.

1990년대 어느 해에 내가 자취하던 반지하 옆방에 페라리를 타고 온 젊은 커플이 코펠과 버너만 들고 세를 들었다. 친해지고서야 들은 말인데 사업을 하다 부도를 내고 야반도주로 강릉을 왔다고 했다. 어디로 갈지 고민하다가 초당두부가 너무 먹고 싶어 무작정 영동고속도로를 탔다고 했다. 그 커플은 삼시 세끼 초당두부만 먹는 듯했다. 몇 달을 세 들어 살더니 어느 날 컨테이너를 빌려 무허가로 테이블 두 개짜리 소줏집을 열었다. 메뉴는 초당두부 구이가 전부였다. 나도 단골이 되어 꽤 들락거렸다. 어릴 때부터 늘 먹던 두부가 그들에겐 천상의 안주라고 하니 신기했다. 후에 다른 지역의 두부를 먹고 나서야 초당두부가 여느 두부랑 비교할 수 없는 맛이란 걸 알게 되었다. 일 년 후에 그들은 강릉 생활을 정리하고 서울로 갔는데 아버지가 모 그룹의 오너라고 한 말은 사실이었다. 그가 그룹에 복귀한 걸로 봐서는 문제가 해결된 모양인데 두부가 관재수를 막아주는 액막이 역할을 한 게 아닌가 싶다. 예로부터 정월대보름에는 새해의 불운과 관재수 등의 액운을 막기 위해 생두부 한 귀퉁이를 잘라서 먹었다고 하니 그리 짐작해 볼 뿐이다.

초당두부는 허균의 아버지이자 선조 때 동인의 영수였던 허엽이 좌천되어 고향에 내려와 있을 때, 마음이 어지러

울 때마다 직접 두부를 만들었다고 한다. 소금 대신 바닷물을 간수로 넣어 만든 두부 맛이 소문이 나면서 훗날 사람들에 의해 허엽의 호인 초당 '草堂'을 따서 초당두부가 되었다고 전해진다.

허균이 유배시절에 쓴 〈도문대작(屠門大嚼)〉에는 한양 창의문(자하문) 밖 사람들이 두부를 잘 만들며 맛이 뛰어나다고 썼는데, 도문대작은 조선팔도 곳곳의 식재료와 요리법, 품평까지 기록한 당대의 요리백과사전이자 바이블임에도 정작 초당두부에 대한 언급은 없다. 그에게 시간이 모자랐던 것은 아닐까. 차별 없는 세상을 꿈꾸었으나 반란죄로 능지처참을 당해 생을 마감한 불운한 혁명가. 그가 만약 다시 살아 돌아온다면 가마솥 아궁이에 장작불로 콩물을 끓이고 걸러 바닷물 넣어 몽글하게 엉긴 담백한 초두부와 들기름에 부친 초당두부의 맛을 기록하지 않을 수 없을 것이다.

초당은 경포호수 동남쪽에 바다를 바라보고 있는 야트막한 지세를 지닌 마을이다. 대관령 동쪽의 명승지 8곳을 관동 8경이라 한다면 경포에는 경포 8경이 있다. 해가 시루봉에 기울어질 무렵이면 집마다 저녁을 짓는데 이때 굴뚝에서 피어오르는 하얀 연기가 노을에 물들어 평화로운 아름다움을 연상케 한다 해서 초당취연(草堂炊煙)을 경포 8경의 하나로 꼽았다.

이렇듯 초당은 평화로운 마을이지만 독립운동과 역사의 아픔이 깊이 배어 있는 곳이다. 1910년 위기에 처한 나라의 민족교육 필요성을 느낀 강릉의 청년들은 독립운동가인 몽양 여운형 선생을 모셔와 강릉 초당에 야학을 열고 역사와 영어를 비롯해 새로운 지식을 배우며 독립사상과 민족의식을 키워갔다. 이들은 3.1운동을 이끌었으며 해방 후에는 좌우익의 갈등과 소용돌이에 휘말리게 된다.

<강릉시사(江陵市史)>에 따르면 '1930년대 적색농민조합 지도자들이 광복과 함께 활동을 재개하면서 초당마을에는 회오리가 몰아쳤다. 1946년 농민들이 광범위하게 궐기하자 이듬해 여름 우익 건청이 초당마을로 쳐들어 왔고 이에 대항해 초당마을 사람들은 하나로 뭉쳐 물리쳤다. 주문진에서 검은 옷을 입고 넘어온 우익청년이 다시 합세해 강릉 시내에서 2차 충돌이 벌어지고 초당마을 사람들이 맞서면서 1천 명이 넘는 규모의 대격전이 벌어졌다'고 한다. 이른바 '초당리 7.24사건'이었다. 좌우익의 대립 투쟁은 1950년 6.25 한국전쟁이 발발하자 다시 이어지게 되고 많은 청장년이 죽거나 북으로 끌려갔으며 이때 좌익테러분자 색

출 보복을 피해 월북한 이들이 많았다고 한다. 전쟁은 멈췄지만, 남편과 자식을 잃고 살길이 막막해진 아녀자들은 두부를 만들어 시장에 내다 팔면서 생계를 이어 갔다.

오늘날 초당두부가 유명해진 배경에는 일제강점기와 6.25를 지나온 민중의 아픈 삶, 허엽과 허균에서 시작해 400년 동안 이어진 잔혹한 변혁의 역사가 스며있다.

관광지가 된 초당마을은 개발로 인해 하루가 다르게 변해가고 있다. 순하고 담백한 순두부가 주류를 이루던 시대가 가고 자극을 원하는 현대인의 기호를 반영한 두부요리와 메뉴들이 대세가 되었다. 변화는 어찌할 도리가 없다 해도 지금까지 초당두부를 이어온 사람들의 역사와 초당두부 본래의 맛은 잊지 않았으면 좋겠다.

시장의 맛

일주일에 하루 쉬는 일요일. 아침나절 퍼지게 자고 일어나 냉장고 반찬 떨이로 아점을 때우고 소파에 누워 음악이나 들으면서 게으름을 피우고 싶지만, 집안 곳곳에 밀린 일을 생각하니 쉴 수가 없다. 남편이 청소하는 동안 곤드레나물을 삶는다. 어제 이웃가게에 마실을 가니 동네 어머님들이 모여 곤드레나물을 나누고 있었다. 산나물 농사를 짓는 지인에게 공동으로 구매한 것을 각자 주문한 만큼 포대로 헤아리는 걸 도와 드렸는데 세어보니 스무 자루가 넘었다. 장부를 확인하며 자루를 내어드리는데 계산이 자꾸만 틀렸다. 젊은 것이 돈도 못 세느냐고 타박하시면서도 내가 나물 좋아하는 걸 어찌 아시고 한 포대를 덥석 안겨주셨다.

어제까지만 해도 이 나물을 다 어찌 다 처리하나 싶었는데 열흘 후에 '봄 밥상 차리기' 프로그램을 진행해야 하는 것이 퍼뜩 떠올랐다. 봄나물을 미리 장만해 두는 걸 까먹을 뻔했다. 아껴먹으려고 두었던 개두릅을 꺼내 보니 아직 싱싱하다. 그때까지 이 상태로 있을지 가늠이 안 되니 요놈도 삶아서 보관해야겠다.

강릉사람들은 순한 참두릅보다 쌉쌀하고 진한 풍미가 있는 개두릅을 훨씬 즐겨 먹는다. 숨만 죽일 정도로 살짝 데쳐 초고추장에 찍어 먹어도 맛있지만 문어숙회와 함께 먹으면 천상의 궁합이다. 더 늦기 전에 시장에 가서 끝나가는 봄나물도 사고 밥상에 올릴만한 봄 재료들이 있는지 살펴봐야겠다.

시장은 들어서는 순간부터 기분이 좋아진다. 봄나물이 벌써 끝났으면 어떡하나 걱정하며 왔는데 다행히 잔대싹, 곰취, 참나물, 취나물, 명이나물이 많이 나와 있다. 난전 두어 군데 들러 나물마다 한 소쿠리씩 담는다. 내가 봄나물 중에 제일 좋아하는 것은 누리대다. 누릿대, 누르대라고도 하고 누린내가 난다고 해서 누룩취라고도 한다. 향이 너무 강해 호불호가 극렬히 갈리지만 강원도 산나물 중에서 제왕으로 꼽는다. 잘게 썰어서 초고추장에 버무려 먹거나 고추장을 넣어 장떡을 부쳐 먹으면 처음 먹는 사람도 시도해 볼 수 있다. 고추장 항아리에 묻어 두었다가 오래 두고 먹어도 맛있지만, 누리대 나오기만을 기다리는 성미 급한 사람은 고추장에 생으로 찍어 먹는다. 고수와 박하향이 나는 듯 독특한 매운 향이 혀를 얼얼하게 만든다. 야생 누리대는 그 향이 훨씬 강하다. 누리대를 보면 돌아가신 아버지 생각이 난다. 어릴 땐 아버지가 누리대를 먹어 보라며 주실 때는 질색하며 피하던 것인데 세월이 흘러 미각의 끈이 그리움을 이어주는 모양이다.

누리대까지 장바구니에 가득 담고 나니 이제야 마음이 느긋해진다. 천천히 사도 되는 것을 나물만 보면 왜 조급증이 나는지 모르겠다. 한숨 돌릴 겸 점심도 해결할 겸 국숫집으로 향한다. 식당 앞에 줄이 서 있다. 오늘이 일요일인 걸 깜빡했다. 이 국숫집은 시장 상인들과 주민들이 이용하던 식당이지만 이제는 대부분 여행객으로 붐빈다. 여행 와서 점심값 아껴보겠다고 3천 원짜리 국수를 먹는 건 아닐 것이다. 푸짐한 양이지만 가격은 저렴한, 국수 한 그릇에 담긴 옛 인정을 누구라도 느끼고 싶을 것이다.

중앙시장은 재래시장이기도 하지만 관광형 시장이라 먹거리들이 다양하다. 누가 뭐래도 늘 인기가 많은 닭강정, 아이스크림을 찍어 먹는 호떡, 어묵 안에 채소나 치즈를 넣어 튀겨낸 크로켓, 짬뽕이 들어있는 빵, 삼겹살 김치말이를 비롯해 처음 봄 직한 먹거리들도 눈에 띈다. 호기심은 가지만 막상 지갑을 열게 되는 건 김이 모락모락 나는 만두와 갓 쪄낸 두툼한 팥시루떡이다. 점심을 먹어야 하니 참고 지나가는데 쑥과 취나물이 들어간 막걸리빵은 도저히 지나칠 수가 없다. 나물에 홀려 발견한 오늘의 신상 먹거리. 받자마자 그 자리에서 떼어먹고 미역줄기, 지누아리, 고추튀각을 사는 동안 다 먹어버렸다. 집에서 나올 때 분명히 입맛이 없다, 밥 생각 없다고 했던 내가 웃긴지 남편이 놀린다.

봇짐장수처럼 들고 다니던 장바구니를 내려놓고 소머리 국밥을 시켰다. 고등학교 때부터 드나들었고 연애할 때도, 돈 없던 청춘 시절에도 왔던 국밥집이다. 아저씨는 돌아가시고 할머니가 된 아주머니는 가족들에게 분점을 여럿 내어주고 지금은 직원들을 거느린 회장님이 되셨다. 시장에 올 때마다 식당은 들어가지 않아도 아주머니가 나와 계신지 먼발치에서 살피다 가는 곳이다. 오늘은 안 계시지만 직원에게 안부를 여쭈니 별고 없으시단다. 안심된다.

배도 부르고 한껏 여유롭게 시장 구경을 한다. 들기름이 한 병에 2만원. 그동안 농사지은 들기름을 얻어먹기만 했으니 가격이 머릿속에 팍 꼽힌다. 오랜만에 포목전에도 가보고 지하 수산물 코너도 둘러본다. 모종 파는 가게 앞에 서서 이거 심자, 저것도 심어보자, 입으로 텃밭 농사를 한바탕 짓는다. '우리에게 땅이 있다면 얼마나 좋을까.'라는 생각도 잠시 해보면서 말이다. 그릇전에 감자적 강판이 잔뜩 쌓인 걸 보니 단오 장사 대비를 해 놓은 모양이다.

부새우는 단오 무렵에 나온다. 단오가 한 달이 남았으니 아직 안 나왔겠지 했는데, 양은솥 한가득 담아놓고 팔고 있다. 부새우는 경포호나 석호 주변 하천에 서식하는 토종 민

물새우로 깨알처럼 작고 가벼워 호수 위로 떠 오른다고 해서 부새우라고 부른다. 지금은 채취가 금지돼 있지만 옛날 향호와 경포호에서는 부새우를 떠다 팔아 생계를 잇는 사람들이 많았다. 부새우가 물고기들도 먹여 살렸지만 사람들도 먹여 살린 셈이다.

부새우에 파, 마늘, 고추를 넣고 매콤하고 자박하게 끓여 밥에 올려 먹으면 짭조름한 감칠맛이 별미다. 봄에 시장 오는 맛도 이렇다. 누리대는 산에서, 부새우는 호수에서, 지누아리는 바다에서, 강릉에서만 먹을 수 있는 특별한 먹거리 3종 세트다. 일 년 내내 제철 생산물이 풍부한 강릉이지만 지금 이 무렵 밥상 차리는 행복이 가장 크다.

남대천 고수부지 주차장으로 향한다. 비가 온 뒤라 남대천에 물이 불어 낙낙하게 남실하다. 천변에 동춘서커스 무대 세우는 작업이 한창이다. 뚝방 아래 가설해 놓은 천막 주위로 사람들이 잔뜩 몰려 있다. 단오난장 자리 추첨을 하려는 것인지 다들 손에 번호표를 들고 있다. 벌써 단오 분위기다. 나도 단오 신주미 봉양을 서둘러야겠다.

대관령, 범 내려온다

강릉 어디에서건 대관령이 보인다. 남대천에서도 보이고 경포호수에서도 보이고 홍제동 골말에서도 보이고 금산 버당에서도 보이고 사천 하평들에서도 보인다. 아침에 출근을 하면서 대관령이 보이나 안 보이냐로 오늘 날씨를 가늠하고, 대관령 너머로 지는 해와 노을을 보며 하루가 갔구나 한다. 대관령이 하얗게 덮인 모습을 보며 겨울을 맞이하고 꽃샘추위가 오고 똥바람이 불면 대관령을 향해 원망의 눈길을 보낸다.

다시는 오지 않겠다고 뒤돌아보지도 않고 넘어갔다가 만신창이 된 몸으로 오갈 데 없어 넘어왔던 대관령. 강릉을 뜨고 싶은 마음이 굴뚝 같이 올라올 때마다 대관령을 향해 한숨을 쉬곤 했다. 누구라도 내륙으로 가려면 대관령을 넘어야 하고 바다를 보려면 대관령을 넘어야 한다.

강릉을 벗어났다가 대관령을 넘을 때면 불빛으로 반짝이는 강릉이 한눈에 들어온다. 집에 다 왔다는 안도감이 들면서 엄마 품에 안기는 어린아이의 심정이 된다.

대관령 안에 갇혀 답답하기도 하고 대관령의 품에 안겨 있는 것 같기도 하고, 대관령을 넘어가면 자유로워질 것 같다가도, 막상 넘는다 생각하면 고향을 벗어난다는 두려움이 앞섰다.

요즘 같아선 기함할 소리지만 내가 어렸을 적에는 '여자는 대관령을 넘으면 안 된다'는 소리를 듣고 자랐다. 내 친구 중에는 부모님의 반대로 서울로 대학 가는 것을 포기하고 지방대학으로 진학하는 경우가 꽤 많았다. 대관령 너머 두렵고 험한 세상에 귀한 여식을 내놓을 수 없었던 부모의 마음이 작용한 것이지만, 대관령을 넘었든 넘지 않았든 강릉여자들은 대관령의 영향력 아래 성장하며 남다른 생활력과 문화정서를 키워왔다.

예로부터 선비들과 행상들을 비롯해 관동팔경을 구경하러 오는 풍류객들과 김홍도와 김정희, 송강 정철은 대관령을 넘나들며 예술과 문학작품을 남겼다. 강릉에서 큰 뜻을 품고 허균과 이이가 대관령을 넘었고 신사임당과 허난설헌은 강릉에 그리움과 사연을 남겼다.

대관령은 북으로는 진부령으로부터 남으로는 낙동정맥이 갈라지는 삼수령까지 강원 영동지역 6개 시군을 넘나드는 중심축에 있다. 대관령은 영동지역과 영서지역을 연결하는 관문으로 지형이 험한 탓에 '대굴대굴 크게 구르는 고개'라는 뜻으로 '대굴령'이라고 불렸다. 지금은 영동고속도로 터널이 뚫렸지만, 옛날에는 험난한 아흔아홉 굽이를 곡예 하듯 운전해야 했다. 폭설로 길이 끊기기 일쑤였고 지금도 한 치 앞이 보이지 않는 안개 구간을 지나야 할 때마다 긴장하게 된다. 예전이나 지금이나 쉽지 않은 험한 고개다.

대관령은 강릉시 성산면과 평창군 대관령면에 걸친 분수령인 평창군이 2006년에 '도암면'을 '대관령면'으로 행정구역 명칭을 변경하자 강릉시민들은 항의하고 나섰다. 강릉시민들의 입장에서는 행정구역상 공유하고 있는 고유명사적인 지명을 평창군이 독점하겠다는 것을 인정할 수 없었다. 행정구역 명칭은 결국 변경되었지만, 대관령은 여전히 강릉사람들에게 변함없는 의지처다.

'대관령에서 강릉을 보지 않고는, 강릉을 다 보았다고 말할 수 없다'라는 말이 있다. 대관령처럼 도시 전체를 한눈에 조망할 수 있는 곳이 드물다. 남대천이 굽이굽이 감싸고 있는 평온한 도시 정경과 푸르게 펼쳐진 동해가 한눈에 들어온다. 밤이면 반짝이는 도시의 불빛들과 고깃배의 조명으로 휘황한 밤바다의 풍경이 몽환적인 그림을 연출한다. 대관령과 강릉, 동해는 하나의 그림 안에 있다. 강릉은 산과 바다를 떼어놓고 생각할 수 없는 곳이다.

강릉사람 윤후명 작가는 "대관령은 커다란 고래처럼 넘실거린다. 눈으로 가늠할 수 없는 한 더미의 고래다. 바다는 큰 산을 받들고 있다. 큰 산의 지느러미가 하늘을 너울거린다. 대관령이다!"라고 썼다.

대관령 꼭대기에서 강릉을 내려다보고 있으면 대관령 산신이 강릉을 이렇게 굽어보고 있겠다는 생각이 저절로 든다. 강릉사람들은 성황사와 산신각이 있는 대관령을 신들이 머무는 신계(神界)라고 여기며 신들이 지역을 보살펴 준다고 믿어왔다. 대관령국사성황신은 범일국사, 대관령 산신은 김유신 장군, 대관령국사여성황신은 정씨 여인으로 모두 실존 인물을 신격화한 것이다.

해마다 5월 단오가 되면 이 신들을 모셔와 풍년과 안녕을 기원하고, 가뭄이 들면 기우제를 지내고 산불을 막아달라고 산신제를 올린다. 개인의 간절한 염원을 담은 이들도 여전히 대관령을 찾는다. 새 차를 사면 대관령에 올라가 무사고를 비는 고사를 지내고 그도 여의치 않으면 대관령을 향해 절을 하고 막걸리라도 올린다.

지금도 대관령에 관해서라면 전설에나 나올법한 이야기가 많다. 대관령 발왕산에 산나물을 캐러 갔다가 호랑이를 만나 혼절한 이야기, 산신이 꿈에 다녀간 다음 날 아침 방문을 열어보니, 눈 쌓인 마당에 호랑이 발자국이 일렬로 나있더라는 이야기는 옛날 옛적 이야기가 아니다. 1995년에 실제로 있었던 '동네 사건'을 당시 OO리 이장이었던 아버지께 직접 들은 이야기다. 호랑이가 멸종한 지 언젠데, 황당해하며 웃고 넘어갔지만, 다음 해 한 지역신문에는 왕산면 대기리에 호랑이가 출몰했다는 신고 소식이 실렸다. 개들의 이상행동과 실종, 남겨진 호랑이로 추정되는 발자국은, 아버지가 청년 시절 심마니를 따라다닐 때 겪었던 호랑이 일화와 일치했다. 믿지 않을 수 없었지만 주변 사람들에게 얘기했더니, 역시나 어이없어했다.

한 달은 걸어서 가야 했던 서울을 KTX 타고 90분이면 가는 세상에, 대관령 산신을 모시고 축제를 열고 호랑이 전설이 현대판 실화가 되는 동네. 대관령이 버티고 있는 한, 세상이 다 바뀌어도 강릉은 안 바뀔 거라는 말에 절망감과 자부심이 동시에 드는, '여는 강릉이래요.'

새를 보았습니다

오랜만에 경포호수를 빠른 걸음으로 돌았더니 숨이 차다. 한창 달리기에 빠져 있었을 때는 호수 한 바퀴는 어렵지 않게 달렸는데 이젠 저질 체력이 돼버렸다. 열을 식힐 겸 신발을 벗고 편편한 풀밭에 드러누웠다. 파란 하늘, 연둣빛 나뭇잎 사이로 쏟아지는 눈 부신 햇살, 보드라운 흙과 달콤한 풀꽃향기, 봄을 지나 여름으로 가는 유월의 싱그러움이 온몸으로 스며든다.

눈을 감고 가만히 있으면 온갖 새 소리가 들린다. 새들은 제 이름을 부르며 운다고 했던가. 새 소리를 듣고 있으면 새 이름이 자연스레 떠오른다. 부들이 가득한 습지에서 개개비 울음소리가 요란한 걸 보니 구애가 본격적으로 시작된 모양이다.

경포습지의 여름은 생명으로 넘쳐난다. 흰뺨검둥오리 새끼들이 어미를 따라 줄지어 지나가고 풀숲에 숨어있던 중대백로가 순백색의 장식 깃을 펼치며 우아하게 날아오른다. 청둥오리들도 먹이활동을 하느라 바쁘다.

그러고 보니 겨울 철새들이 아직도 떠나지 않고 있다. 봄이면 시베리아로 떠나야 할 이들에게 무슨 일이 생긴 것일까. 기후변화와 환경에 적응한 것인지 아니면 생태 교란으로 방향을 놓친 것인지. 경포호 생태습지는 복원 이후로

멸종위기종을 포함해 생물종이 늘어나고 다양해졌지만, 주변 관광지 개발이 확대되면서 철새들의 서식지 환경에도 영향을 주고 있다.

경포호수와 인근 습지는 그들에겐 기나긴 행로의 중간 기착지 역할을 한다. 큰고니를 비롯해 다양한 철새들이 찾아와 이곳에서 겨울을 난다. 번식지의 조건이나 먹이의 가용성, 기후의 조건에 따라 일부 종은 남극에서 북극까지 거의 지구의 반을 날아간다고 하니 실로 어마한 여정이다.

항로와 타이밍을 정교하게 설정하고 에너지를 비축해 고통을 견디며, 바다를 건너고 대륙을 가로질러 바람을 타고 매년 수천 킬로미터의 긴 여정을 떠나는 저들은 경이로움을 넘어 초월적인 존재로 느껴지기까지 한다. 지상을 초월해 내가 가닿지 못하는 곳으로 날아가는 새에게 감정이입을 하고, 다시 태어난다면 '새'가 될 거라는 환생까지 바란다. 그리스 신화의 이카로스도, 수많은 새의 전설도 저들을 신의 전령으로, 영혼의 길잡이로 여겼으니 말이다.

새와 인간의 직립보행 이후의 선택에 대해 생각해 본 적 있다. 진화론에 따르면 바다에서 육지로 올라온 일부 물고기가 지느러미의 진화를 거쳐 팔다리 달린 네발 동물이 되었고, 또다시 긴 진화과정을 거치는 동안 그들의 일부는 두 개의 다리를 들어 올려 직립보행을 시작했다고 한다. 만약 내가 그 시대로 돌아간다면 손을 쓰고 도구를 사용하는 인간이기보다는, 손 대신 날개를 가진 새로 진화하는 걸 선택할 것 같다.

문명을 일구고 전쟁과 파괴를 되풀이하며 자멸하느니, 태양 가까이 날아가도 보고 동토 끝까지 가서 원 없는 최후를 맞이하는 선택을 하고 싶다. 좋아하는 바람이나 실컷 맡으며 살다가 지구의 일부로 사라지는 것이, 불멸의 에고를 끌어안고 허덕이다 죽는 것보다는 낫지 않을까.

앨버트로스를 보려고 뉴질랜드 남섬 끝 오타고 반도에 가 본 적이 있다. 지구상의 어떤 새도 따라올 수 없을 만큼 높게 날아오른다는. 한 번 비행에 3,000Km를 날고 1년에 지구 둘레 다섯 바퀴 거리를 비행한다는 앨버트로스. 실제로 존재하는지 눈으로 보고 싶었다.

앨버트로스는 몸집이 커서 바람이 불지 않으면 날지 못한다. 운이 좋아야 볼 수 있으니 더니든에서 오는 동안 화창한 날씨가 너무나 원망스러웠다. 그러나 앨버트로스센터가 있는 언덕에 도착하자 바람이 불기 시작했다. 앨버트로스의 비행을 기다리는 전주곡 같았다. 바람이 점점 세지더니 어느 순간 폭풍으로 바뀌었다. 몸을 제대로 가누기조

차 힘들었지만, 앨버트로스가 날아오르기를 버티며 기다렸다. 마침내 거대한 새가 해안절벽에서 뛰어내렸다. 앨버트로스는 웅장한 날개를 펼치며 하늘로 날아올랐다. 그는 날갯짓하지 않았다. 날개를 펼친 채 경계 없는 바다와 하늘을 날 뿐이었다. 바람이 몰아치는 폭풍의 절벽에서 펼쳐진 앨버트로스의 비행은 마치 장엄한 교향곡을 듣는 것 같았다.

뉴질랜드를 여행하는 동안 많은 새를 만났다. 앨버트로스처럼 블랙스완을 만났을 때도 감동적이었다. 아이와 함께 로토루아 호수를 산책하고 있는데, 투명한 호수 위를 헤엄치고 있던 블랙스완이 소리를 내며 다가왔다. 당시 10살이던 아이와 몸집과 키도 비슷했다. 가까이 다가와 장난을 치고 아이와 새가 주거니 받거니 새 소리를 내며 노는 모습이 신기했다. 오랜 시간 교감을 나누었던 장면을 영상으로 담았는데 지금 보아도 동화 속 한 장면 같다.

동물이 인간에게 경계를 갖지 않는 건 안전하고 평화로운 환경에서뿐만 아니라 모든 환경에서 당연해야 한다. 자연 속에서 모든 생명이 자연스러워지는 것, 그것이 자연이니까.

바람이 분다. 습지의 수풀들이 바람을 따라 파도처럼 쓰러지듯 빠져나갔다가 밀려오듯 일어섰다를 반복한다. 갈대가 파도 소리를 낸다. 잔잔한 수면 위로 물고기들이 튀어 오른다. 횃대에 가마우지 한 마리가 미동도 없이 앉아 있다.

단오 신명

인정사정없이 무자비하게 가지를 잘리고도 은행나무는 연둣빛 새순을 가득 돋운다. 잔인한 가지치기는 해마다 계속되어도 나무는 더욱더 가열차게 자라난다. 생명의 약동을 무슨 수로 막겠는가.

트럭에 연등을 가득 싣고 온 사람들이 가로수마다 연등줄을 매단다. 노랑, 분홍, 파랑, 빨강, 촌스러운 원색의 연등이 연둣빛 은행나무에 걸리자 나도 모르게 "'와, 예쁘다!" 탄성이 나온다.

연등이 걸리면 '부처님오신날' 맞이가 시작된 것이지만, 단오가 곧 시작된다는 신호이기도 하다. 연등만 봐도 단오 스위치가 번쩍 켜진다.

단오 무렵이 되면 평소에 느긋하고 평온하던 도시는 술렁대고 사람들은 슬슬 흥분하기 시작한다. 강릉사람들의 몸속에 흐르는 단오 DNA, 신명(神明)이 깨어나는 것이다.

음양철학에서는 음력 5월 5일이 5가 두 번 겹치는 날로 양기가 가장 성한 날이라고 하니, 단오는 여름의 시작을 알리는 축제이고 풍요와 안정을 비는 태양의 축제인 것이다. 단옷날을 수릿날이라고도 하는데 수리란 신(神)이라는 뜻과 '높다'는 뜻으로 '높은 신이 오시는 날'이란 뜻이 된다.

단오제는 신을 모셔오는 것을 시작으로 해서 신을 보내

드리는 것으로 끝난다.

음력 3월 20일부터 신주빚기로 시작해 음력 4월 15일 대관령산신당(산신각)에서 국사성황신(범일국사)을 모시는 '산신제'를 올리고, 이어서 국사성황사에서 '국사성황제(신맞이굿)'를 지낸다. 굿이 끝나면 산신당이 있는 숲에 올라 국사성황신이 깃든 단풍나무 신목(神木)을 베어들고 강릉으로 '대관령국사성황신 행차'를 한다. 신목은 홍제동에 있는 대관령국사여성황사에 봉안했다가 음력 5월 3일이 되면, 여성황사에 모셔진 남·여 성황신을 대대적인 '영신행차'를 벌이며 남대천변에 마련된 단오굿청으로 향한다. 단오굿청에 도착해 '영신제'를 올리고 나면 5월 4일부터 5일간 단오굿을 열고 마지막 날 국사성황신을 대관령으로 보내는 송신제를 지낸다.

강릉단오제를 여느 지역축제처럼 며칠 동안 북적대다 끝나는 행사로 알고 있는 사람들이 많지만, 대체로 강릉사람들은 강릉단오가 얼마나 대단한지 설명하려 들기보다는 즐기기에 여념이 없어 보인다. 단오에 푹 빠져 그럴 겨를도 없는 것 같다.

강릉단오제의 핵심은 단오굿이다. 5월 4일부터 8일까지 국사성황신위와 대관령에서 모셔온 신목을 모신 가운데,

여러 신을 차례로 불러 20거리의 굿을 매일 돌아가며 지낸다.

굿마다 보는 즐거움이 크지만 두 분의 국사성황신을 원래 계셨던 곳으로 보내드리는 의식인 송신제는 되도록 꼭 참여한다. 송신제를 마치고 환우굿을 펼치며 신들이 모든 굿을 잘 받으셨는지 확인하고 굿당에서 모셔 두었던 신목과 신에게 바쳤던 지화, 기물들을 소제하며 축제의 막을 내린다. 굿당에 온 사람들이 지화를 하나씩 나눠 들고 기물을 함께 지고 남대천변으로 가지고 온 다음, 불을 지피고 제의물이 다 탈 때까지 그 모습을 지켜본다. 신과 함께 보낸 50일의 여정을 간직해 두는 것이다.

단오제가 열리는 남대천은 한꺼번에 다 쏟아져 나온 시민들과 난장까지 뒤섞여 그야말로 '일구지난설'이다. 뙤약볕에 단오장을 이리저리 떠밀려 다니다 보면 쉴 곳이 간절해진다. 이럴 때 단오굿당만한 명당이 없다. 대관령에서 내려오는 시원한 바람에 더위가 잦아들고 나면 무녀의 굿거리 소리에 몸이 나른해지면서 스르륵 잠에 빠지기도 한다.

단오제 기간 하루쯤은 굿당에 자리를 잡고 앉아 조전제부터 종일 굿을 볼 때도 있다. 미술·음악·춤·연극적 요소가 가득한 창작 예술작품을 보듯 관람하는 즐거움도 크지만, 무엇보다 위로받는 그 시간이 좋다.

세월호 참사가 있던 해, 국내의 각종 축제와 공연들은 줄줄이 취소되었다. 그러나 단오제는 숙연한 분위기 속에서 엄중하게 진행되었다. 단오굿청에서는 세월호 침몰 희생자들의 명복을 기원하는 위령굿이 열렸다. 희생자의 한과 영혼을 달래는 굿이었고, 세월호 트라우마에 빠진 우리의 슬픔을 달래는 굿이었다.

올해로 세월호 참사 10주년이 되었다. 거리 곳곳에 추모 현수막이 걸려있다. 추모 기간이 끝나면 그 자리에 단오제를 알리는 축제 깃발이 걸릴 것이다.

어디에나 있는 세시풍속의 하나일 뿐일 단오를, 강릉사람들은 일제강점기 혹독한 시기에도, 6.25 전쟁 난리에도 중단하지 않고 천년 동안 이어왔다.

2023 강릉단오제 신주미 봉정행사 접수 결과를 보면 6,099세대가 참여했다고 한다. 전년도 보다 50% 이상 늘어난 것인데 코로나 시기를 오래 겪어 온 데다, 대형산불의 충격으로 서로의 안녕을 기원하는 마음이 신주미 봉정으로 이어진 것이다. 신주미 봉정은 단오제에 쓰일 신주(神酒)를 빚는 데 필요한 쌀을 십시일반 정성으로 모으는 시

민참여 행사인데, 지난해 모인 쌀이 18,297kg, 229가마에 이른다고 하니 실로 어마한 양이다.

강릉에서 수많은 행사와 축제가 열리지만 단오만큼 중요하고 큰 행사는 없다. 설빔은 못 해 입어도 단오빔으로 모시옷을 지어 입고 단오 갈 채비를 한다. 어른이 된 자식들은 단오 중에 하루는 늙으신 부모님을 모시고 단오장 구경을 꼭 시켜 드린다. 아이들에게도 단오장에서 쓸 용돈은 따로 준다. 단오 기간에는 직장 회식도 동문회도 계모임도 단오장에서 한다. 강릉사람들이 다 몰려나오다 보니 걷다 보면 열 사람 중의 한 사람은 아는 사람이다. 수 만 명이 참여하는 영신 행차를 보고 있으면 소름이 돋으면서 신명이 무엇인지 알게 된다.

단오 신주미 봉양을 접수한다는 소식이 뜬다. 단오가 시작되었다.

불멸의 돌, 영원의 별

대관령과 칠성산 능선이 병풍처럼 펼쳐진 학산의 너른 들판에 거대하게 우뚝 솟은 두 개의 돌기둥.

한때는 번성했던 시절이 망각의 세월 속에 무상하게 사라지고, 쓸쓸한 폐사지에는 당간지주만이 적요로 남아있다. 지난 시간의 영화가 바람처럼 쓸고 간 폐허의 자리, 풍장의 흔적으로 남아있는 당간지주는 삶의 무량함 마저 느껴지게 한다.

굴산사는 우리나라 불교와 지성의 대표적인 본산인 구산선문의 하나로 범일국사가 통일신라 말기에 창건했다. 당시 왕실과 귀족의 전유물이었던 교종에 대응해 누구나 깨달음을 얻으면 부처가 될 수 있다는 선종의 사상은 서양의 종교개혁과도 같았다. 9세기는 선종의 시대라 할 만큼 중앙 귀족에 대응하던 지방 호족과 백성들에게 널리 수용되었고, 전국에 구산선문이 성립하게 되었다.

굴산사는 범일국사가 당에 건너가 선법을 배우고 돌아와 사굴산 아래 창건하고 40여 년 동안 수도한 곳으로, 사굴산문은 대관령 동쪽 지역의 승려와 백성, 지식인들의 종교와 사상을 선도하는 중심축이었다. 그러나 당시 반경이 300m나 되는 이 거대한 사원이 어떻게 사라졌는지는 아직도 밝혀진 바가 없다.

당간지주는 아시아 불교 문화권에서도 우리나라 사원에 가장 많이 조성되었지만 굴산사지처럼 대부분 폐사지를 지키고 있다. 사찰에 행사가 있거나 부처의 공덕을 기릴 때 당(깃발, 괘불)을 거는 당간(깃대)을 양쪽에서 지탱할 수 있도록 사찰 입구에 세운 돌기둥으로, 신성 영역을 알리는 표식이기도 하다.

5.4미터 높이의 지주는 그 자체로도 육중한데 땅속으로 묻힌 지주가 7, 8미터나 된다고 하니 거대한 지주의 서너 배 높이로 세워진 당간에 매달린 깃발이 펄럭이는 모습은 상상만으로도 압도적이다. 굴산사지 당간지주는 우리나라에 돌로 만들어진 당간지주 가운데 가장 규모가 크다.

처음 이곳을 우연히 지나가게 되었을 때, 마을 한가운데 웬 뜬금없는 돌기둥이 있냐고 무식한 소릴 했었다. 그러다 그 무렵 유행하던 유홍준 선생의 ≪나의 문화유산답사기≫ 진전사지편을 읽다가 학산 버당의 뜬금없는 그 돌기둥이 구산선문의 하나인 굴산사지 당간지주라는 것을 알게 되었다.

지금 생각하면 무지한 청년이었지만, 시민단체에서 일하는 사람이 자기가 태어나 살고 있는 강릉의 역사와 문화를 이렇게 몰랐나 싶어 반성을 많이 했다. 그 당시 지역의 사회문제와 현안 이슈에 대응하기도 벅찼지만, 시민문화

프로그램을 기획해 황루시, 김기설 선생님 같은 우리지역의 훌륭한 문화역사 학자를 모시고 문화답사를 열심히 다녔다. 지금도 여전히 무지하지만 그때의 경험 덕분에 강릉에 대한 문화 자긍심을 키우게 되었다고 생각한다.

굴산사지 당간지주는 강릉의 여느 문화유적과는 달리 성소처럼 찾게 되는 곳이다. 몸이 허해지면 밥을 먹듯, 마음이 허해지면 고해성사하듯 찾아가게 된다. 언제나 변함없는 모습을 하고 있지만 갈 때마다 다른 느낌을 받는다.

산 노을이 번지는 모습을 바라보고 있으면 상념이 젖어 들고, 늦가을 들판을 지나는 바람을 맞고 있으면 애썼다고 등을 쓰다듬어 주는 것 같다. 비 내릴 때 당간지주 앞에 서면 돌기둥이 무늬를 드러내며 지난날의 이야기를 들려주기도 하고, 눈이 내리면 다 잊으라는 듯 말없이 눈을 감아 준다.

멀리 있는 길을 돌아온 구도자처럼, 때로는 석불처럼 서 있는 돌기둥에게 혼잣말을 건네고, 텅 빈 폐사지에서 마음을 위로받고 온다. 깊은 밤, 별이 쏟아지는 우주의 드높음 속에 당간지주의 존재감은 더없이 경이롭게 다가온다.

지난해 여름, 고대 켈트족의 5천 년 문화와 역사를 상징하는 아일랜드 성지 '타라언덕'에서 말로만 듣던 '운명의돌'

과 만났을 때도, 당간지주를 볼 때처럼 경이로움에 전율이 일었다.

타라 언덕은 아일랜드인들에게는 마음의 고향, 뿌리와 같은 곳이다. 이곳에는 신석기시대 거석에서부터 청동기와 철기시대 유적들이 광범위하게 산재돼 있다. 유적들의 이야기를 따라가다 보면 아일랜드의 고대 역사가 경이롭게 펼쳐진다. '운명의 돌'이 타라 언덕에서 수 세기 동안 목격했을 것들을 상상해 본다.

'타라 언덕'의 '타라'는 산스크리트어로 '별'이란 뜻이기도 하다. '운명의 돌'이 서 있던 자리를 '별의 언덕'이라고 나만의 이름을 붙여주었다.

지구상에 돌만 한 불멸의 물질이 또 어디 있을까. 인간들이 그 많은 사원을 짓고 탑을 쌓아 올리고 신단과 무덤을 만들었던 것은, 돌이 영원불멸의 염원을 담을 수 있는 물질이기 때문일 것이다.

이 거대한 돌은 어디서 온 것일까. 돌기둥을 바라보고 있으면 표현할 길 없는 근원에 가 닿는 느낌이 든다. 검은 허공에 흩어진 별들을 바라보고 있을 때, '나'라는 지상의 존재는 까무룩 해지고 우주 가운데로 한없이 빨려 들어가 영원의 체험을 하게 되는 것처럼. 돌과 별은 닮았다.

이곳에 와서 보낸 시간들을 생각한다. 일상의 온갖 상념을 털어놓던 곳. 기도하고 위로받던 곳. 존재의 근원적 질문을 던지게 만드는 곳. 성소와 같은 굴산사지가 마을 한가운데 있다는 사실이 문득, 성속의 일치를 설파한 선종의 절터 답다는 생각이 든다.

'성속불이(聖俗不二).' 성스러운 것과 속된 곳이 따로 없고 둘이 아니며, 속된 것을 떠나 성스러운 것을 찾는 것이 아니라는 것. 성속이 불이한 삶과 세계에서 어디에도 흔들리지 않는 마음을 가지라고 말해주는 듯하다.

기차 타고 강릉에서 파리까지

지구상에서 유일하게 분단된 나라가 한반도라는 건 누구나 알고 있지만, 강원도가 두 개의 국가에 속한 행정구역이라는 것을 모르는 사람들이 의외로 많다.

대한민국 강원도와 조선민주주의인민공화국 강원도. 강원도는 인위적 분리를 당한 한반도의 축소판이다. 단절과 경계의 아픔을 지닌 곳이라 평화의 염원이 남다를 수밖에 없다.

2018년 4월 27일, 2007년 남북정상회담 이후, 11년 만에 두 정상이 판문점 남측 평화의집에서 만나던 장면이 지금도 생생하다. 두 정상이 발표한 '한반도의 평화와 번영, 통일을 위한 판문점 선언'을 보면서 한반도 비핵과 항구적 평화체제, 종전선언으로 이어질 수 있다는 기대감이 들어 가슴이 벅차올랐다.

"남과 북은…… 10·4선언에서 합의된 사업들을 적극적으로 추진해 나가며 1차적으로 동해선 및 경의선 철도와 도로들을 연결하고 현대화하여 활용하기 위한 실천적 대책들을 취해나가기로 하였다."

판문점 선언은 남북철도를 본격적으로 잇겠다는 내용이었다. 기차를 타고 대륙을 가로질러 유럽으로 갈 수 있다는 것이 상상 속의 일이 아니었구나, 지도까지 펴보며 흥

분을 했다.

남북철도를 잇는다는 것은 새로운 길을 만드는 것이 아니다. 너무나 오랫동안 길이 끊겨 있었기 때문에 실감이 안 날 뿐이지, 일제강점기에 열차로 대륙을 달렸던 길을 복원하는 것이다.

분단 전에도 부산역과 서울역은 국제역이었다. 손기정 선생이 1936년 베를린 올림픽에 참가할 때, 서울역에서 출발해 중국 하얼빈을 거쳐 대륙횡단 열차를 타고 베를린까지 갔다는 사실만 봐도 그렇다. 지금도 평양역에서는 모스크바와 베이징으로 가는 열차가 운행되고 있다.

지난해 겨울, 미국에서 한국 방문을 오신 내외분과 함께 고성에 있는 통일전망대에 다녀왔다. 짙푸른 동해가 펼쳐진 북녘땅을 바로 코앞에서 마주했다. 백사장 안쪽으로는 동해북부선 철길과 금강산 육로관광길인 동해선 남북연결 도로가 선명했다. 2022년 1월 5일 동해북부선 강릉-제진간 철도 노선 복원을 위한 착공식이 있었다. 강릉에서 양양, 속초를 거쳐 고성(제진역)까지 총연장 117.7㎞를 2027년까지 신설할 계획으로 현재 진행 중이다.

동해북부선 철도는 대륙의 꿈을 향해 있다. 현대사의 비극인 분단은 우리가 대륙으로 통하는 길을 막았고 대륙의 기질도 빼앗았다. 일본은 경부철도주식회사를 설립해 조선에서 이권 확장을 했고 철도를 수탈과 침략의 플랫폼으로 활용했다. 경의선은 대륙침략의 발판으로 삼았고, 경인선은 러일전쟁의 보급선이었다. 전북 군산으로 양곡을 수탈하고 토지를 약탈해 갔다.

철도가 과거에는 전쟁과 침탈의 도구였다면 이제는 평화의 상징이 될 수 있다. 2018년에 동계올림픽이 강릉과 평창에서 열렸다. 평화올림픽이라는 슬로건을 걸고 올림픽이 평화를 염원한다는 것을 세계에 알렸다. 북한은 평화올림픽 대표단을 파견했고 남북 단일팀을 만들어 개막식에 남북선수가 공동으로 성화 봉송을 하고 한반도기를 들고 공동입장을 했다. 남북이 함께 단일팀 응원을 하고 북한의 예술단과 응원단이 내려와 올림픽을 빛냈다. 특사와 고위급 대표단을 파견하고 삼지연 관현악단의 공연을 보며 함께 눈시울을 적시기도 했다.

사단법인 '희망래일'에서는 강릉에서 동해북부선 연결기원 콘서트를 시작으로 동해북부선 연결기원 프로젝트를 다음 해에도 이어갔다. '강릉역을 국제역으로'라는 슬로건으로 행진과 마라톤, 제진역 문화제를 열기도 했다. 그때는 행사용이었지만 강릉에서 베를린, 강릉에서 파리로 가는 기차 티켓을 받았을 때 마음이 뭉클했다. 올림픽의 열기 못지않게 남북평화의 열기가 축제처럼 펼쳐졌던 그때를 떠올리면 지금도 형언할 수 없는 감정이 올라온다. 지금의 남북관계를 생각하면 더욱 그렇다. 하루빨리 남북관계가 회복되어 '강릉역을 국제역으로'라는 슬로건이 실현되면 좋겠다. '끊어진 철길 110km.' 제진역 북쪽의 철조망이 걷히고 남쪽의 철길이 다시 이어져 제진역에 다시 기차가 다니길 꿈꾼다.

제진역은 금강산으로 이어지는 남한의 마지막 기차역이다. 제진역은 군사분계선과 거의 맞닿는 곳에 있었다. 북한의 최남단 역인 감호역까지는 불과 10.5km 거리였다. 2003년 금강산 육로관광이 시작되었을 때 제진역에서 금강산역까지 시범 운행도 했다는데 지금의 남북관계를 생각하니 착잡했다.

남쪽에서 끊긴 침목을 바라보며 북쪽을 향해 유라시아 대륙을 달리는 열차를 한참 동안 상상해 보았다. 통일은 장담할 수 없다 해도 철길만이라도 제발 이어질 수 있다면 좋겠다.

강릉역은 KTX가 개통되면서 사계절 강릉을 찾는 여행객들로 언제나 붐빈다. 6, 70년대만 해도 영동선의 종착역이었던 강릉역은 동해북부선의 경포대역까지 연결돼 있었다. 지금도 해안선을 따라가다 보면 철길의 흔적이 일부 남아있다. 경포대역이 있던 자리는 리조트가 들어서 있다.

동해북부선이 완공되고 남북이 철길로 왕래가 시작되면 동해안은 금강산과 마식령 스키장을 가고 대동강 맥주를 마시러 가는 미래 여행자들로 붐비게 될 것이다.

한반도의 기차로 시작해 시베리아로 유럽으로, 남아프리카 로보스 레일에서부터 모리타니아 철도를 타고 사하라 사막을 횡단하고, 남아메리카의 울창한 정글과 아프리카의 광활한 사막까지, 칭짱 열차를 타고 카일라스까지…….

모든 대륙이 하나로 이어졌다는 사실이 새삼 경이롭다. 비록 나의 현실은 지척에 있는 정동진 바다 열차 한번 탈 여유가 없고, 삿포로에서 오타루까지 준을 만나러 가는 윤희의 기차 밖 풍경에 머물러 있지만, 언젠가는 파리행 티켓을 손에 들고 강릉역 플랫폼에 서 있게 될 나를 그려본다.

세 번째

청춘의 한 시절 우리는 기승전 바다였다

짜이 한잔하실래요

어쩌다 짜이가게를 하게 됐냐는 질문을 수없이 받는다. 거리마다 로스팅 카페가 즐비하고 웬만한 집에서도 드립 커피를 마시는 커피도시에서 짜이라니. 생경함 때문이기도 하겠지만, 어떤 이유로 짜이 장사를 하게 되었는지 개인적 호기심이 묻어나는 질문이다. 질문을 받을 때마다 생각을 해 봤지만 대답은 늘 같다. 어쩌다 보니, 우연히 그렇게 된 것이었다.

잘 살아가고 있다고 생각했지만, 잘 살아가고 있는 게 맞다면 증명이라도 해보라는 시비가 내 안에서 일어나고 있었다. 모든 것이 뒤집혔고 갈피를 잡을 수 없게 되자 도망치듯 여행을 떠났다. 현실에 대한 도피와 죄의식을 덜고자 최대한 나를 괴롭히는 방식으로 여행을 했다.

다시 찾은 바라나시. 새벽 강가에서 짜이를 마시다 중얼거렸다. '돌아가면 짜이 장사나 할까?' 몸 따로 마음 따로 영혼 없는 여행을 끝내고 돌아와 일상으로 복귀했지만 상황은 더 나빠졌다. 그렇게 출구 없이 몇 년을 헤맸고 평생 하던 일에서 퇴장했다.

출퇴근하는 일이 없어지니 무중력 상태에 있는 것 같았다. 실업급여를 받으며 빈둥거리며 일 년을 지냈다. 다행히 명주동에 마을 활동을 위해 만들어 놓았던 곳에서 주로 시간을 보냈다. 7평이 채 되지 않는 작은 공간이었지만 활동가들과 마을 모임, 프로그램을 운영하는 공유공간이었다. 일을 그만두면서 공간 유지도 어렵게 되어 폐쇄하려고 했지만 그동안 이곳에 깃들은 많은 이들의 품과 에너지를 생각하니 아쉬운 마음이 들었다. 실업급여로 월세를 충당하면 되니 당분간이라도 유지해 보자. 다음 일은 모르겠고 앞으로 어떻게 살아갈지는 더더욱 모르겠고.

커피포트와 간이침대, 세간살이 몇 가지를 들이니 룸펜 자취방 같았다. 책을 읽거나 떠돌아다니는 그림을 들여다보거나 음악을 들으며 지냈다. 나희덕 작가님 권유로 시작한 그림이 제법 쌓여 갔다. 보여줄 그림이 아니었는데도 부끄러워 자주 내다 버렸다.

집에서 가끔 끓여 마시던 짜이는 독립공간에 머무는 시간이 많으니 더 자주 끓이게 되었다. 시중에 유통되는 짜이 제품을 여러 가지 써 보았지만 맛이 성에 차지 않았다. 카다멈을 더 빻아 넣거나 생강이나 시나몬을 추가해 그날그날의 입맛에 따라 끓여 먹다가 직접 블렌딩을 해보고 싶어졌다.

마쌀라를 재료별로 사고 제각각의 비율대로 블렌딩 한 다음 다양한 방법으로 끓여 보았다. 마쌀라의 크기와 굵기, 빻고 써는 방법, 물과 우유의 비율, 재료를 통째로 끓이거나 침출했다가 끓이는 시간에 따라 맛이 달랐다. 우유의 유지방 함유량, 대체유, 단맛을 내기 위한 사탕수수 원당부터 메이플 시럽까지 다양한 재료를 사용해 수백 번을 반복해 만들었다.

짜이 재료와 도구들로 가득 찬 주방은 실험실 같았다. 유리 계량컵마다 눈금에 맞춰 담겨진 짜이를 일일이 맛을 보고 테스트하다 말고 이게 대체 무슨 미친 짓인가 현실을 자각하곤 했지만, 짜이를 만드는 시간 만큼은 아무런 생각이 들지 않았고 한곳에 몰두하고 집중하는 시간이 좋았다.

짜이는 재료의 비율이 정해진 것도 아니고 만드는 사람, 방법에 따라 다양한 맛을 지니기 마련이지만 나는 내가 원하는 짜이의 맛을 내고 싶었을 뿐이었다. 그날 새벽 갱가 안개 속에서 시린 손에 들린 흙잔 속의 뜨거운 짜이 한 모금, 그때의 맛이면 충분했다.

자발적 유배를 자처하며 서너 계절을 보낼 즈음, 오다가다 지인들이 들렀다. 여기서 뭐하냐, 언제까지 이러고 있을 거냐고 했다. 나도 왜 이러고 있는지 몰랐지만 다시 예전으로 돌아가지 않을 것은 분명했다. 여행자들로 붐비던 명주동의 거리가 한산하게 변하고 있는 것이 오히려 다행이었고 좋았다.

코로나가 창궐하던 겨울, 실업급여 기간은 끝났고 통장 잔액은 바닥이 되어 있었다. 안전망이 되어준 이 공간에 계속 숨어있고 싶었지만 그러기 위해서는 경제활동을 해야만 했다. 짜이가게를 시작한 첫해에는 일을 다시 해야 하지 않겠냐고 종용하는 지인들 때문에 힘들었다. 나를 앉혀놓고 눈물 바람을 하는 사람을 보고 있으면 내가 유배지로 쫓겨 온 죄인 같았다.

사람들 숲에서, 조직 속에서 그 오랜 시간을 보냈건만 문을 열고 들어오는 손님을 보면 눈 맞춤도 인사도 제대로 하지 못했다. "어서 오세요"를 아무리 연습해도 막상 손님이 들어오면 "어떻게 오셨어요?"라는 소리가 나왔다. 지금도 썩 잘한다고 할 순 없지만, 차를 내는 일도 계산을 주고받는 일도 실수가 잦았다. 불특정 다수의 사람과 대면해야 한다는 부담감을 짜이를 만들면서 덜어냈고 바깥 세계와의 경계를 조금씩 허물어 갔다.

짜이 가게를 시작하고 네 번의 겨울을 보냈다. 낯선 차에 적응한 사람들이 단골이 되고 짜이를 좋아하는 여행자들이 먼 곳에서 찾아온다. 시간이 갈수록 짜이의 인연으로 더 많은 사람이 연결되고 있고 이 공간은 그들에 의해 만들어진 분위기와 에너지로 채워지고 있다.

나는 여전히 어디로 가고 있는지 모르겠다. 달라진 것이 있다면, 지금 앞에 놓인 것이 극악한 불안이 아니라 짜이 한잔이라는 것.

마쌀라를 듬뿍 넣고 끓인 짜이를 여행자에게 건넨다. 짜이를 마시는 순간 그의 얼굴에 미소가 번진다. 나도 따라 웃는다.

어떻게 시를 안 쓴단 말입니까

여행을 마치고 돌아오면 여행의 여운이 남아 일상으로 돌아오는 데 시간이 걸린다. 전에는 여행의 후유증을 앓는 게 싫어서 일상으로 빨리 돌아오려고 노력했다. 그러나 지금은 그 여운을 오래 누리는 편이다. 여행지에서 사 온 식자재로 요리를 만들어 먹으면서 여행을 복기하고, 일상이 무덤덤해질 때까지 '여행지가 바뀌었을 뿐'이라는 기분으로 지낸다. 그러다 보니 어느 시점부턴가 여행에서 일상으로 부드럽게 연착륙하게 되는 것 같다. 여행에 대한 갈증도 많이 줄어들었다.

평생을 여행하며 살았던 지인은 강릉에 정착하고부터 여행의 갈증이 사라졌다고 한다. 여행의 총량을 다 썼다고 할 수도 있겠지만 역마살을 타고난 사람이 여행의 총량이 있을 리 만무하고, 대문을 나서는 순간부터 여행하는 기분이 들게 하는 강릉의 여러 환경이 작용했을 터이다.

단오제와 정동진독립영화제를 비롯해 일 년 내내 축제와 문화행사가 열리고 마을 단위 행사에 동네마다 소소한 마켓이 수시로 열린다. 축제가 많은 것도 공해라고 하는데, 글쎄다. '놀기 좋아하는 나는 마냥 좋구먼요. 관동팔경, 제일강산 강릉이 괜히 나온 소리겠습니까.'

강릉의 아름다움을 상찬한 기록은 차고 넘친다. 조선 학자 서거정은 '우리나라 산수는 관동이 으뜸이고, 관동에서도 강릉이 제일'이라고 했다. 관동팔경 가운데 하나인 경포대는 고려와 조선시대에도 명승고적 산수 유람의 로망 여행지였다. 경포대를 비롯해 금란정, 방해정, 해운정, 활래정, 상영정(2023년 산불로 소실) 호해정, 창랑정, 경호정, 석란정(2017년 화재로 전소), 취영정, 월파정, 천하정과 같은 누정들이 경포호를 둘러싸고 있다. 누정이 산수 감상과 풍류의 공간이었을 뿐 아니라 시회를 열고 토론을 하던 공간이었음을 감안 해보면 강릉은 조선팔도의 예술가들과 시문객들의 성지였다는 것을 알 수 있다.

이처럼 강릉에 축제가 넘쳐나고 문화행사가 다양하고, 셋만 모이면 계를 조직하고, 계모임이 강릉 요식업계를 먹여 살린다는 소릴 듣는 이유도 이런 문화 역사적 배경이 있기 때문일 것이다.

여행하듯 일상을 즐기며 살 수 있는 환경도 풍요롭다. 주말마다 '바우길 걷기'에 예고 없이 나가도 훌륭한 길잡이의 안내로 바우길을 걸을 수 있고 착실히 나가다 보면 강릉의 둘레를 모두 잇는 바우길을 완주할 수 있다. 안목 해안에서 출발해 사천항까지 지중해 부럽지 않은 동해를 눈 호강하며 걸을 수 있고, 야생화가 지천으로 피는 선자령과 아릉드리 금강소나무가 빼곡한 대관령은 김밥 한 줄 들고 뒷산 오르듯 다녀올 수 있다.

금강산도 식후경이라는 그 '금강산'은 못가도 오대산 북대에서 뻗어내린 '작은 금강산'인 '소금강' 계곡을 따라 노인봉까지 신선 걸음 하며 오를 수 있고 하산길에 산나물에 하산주 한잔하면 신령님 안 부럽다. 대기리 안반데기에 올라 별을 보며 비박을 해도 좋고 연곡 캠핑장이나 왕산 캠핑장에 장기 대여해 놓고 캠핑장으로 출퇴근을 해도 된다. 주문진항에서 싱싱한 제철 수산물을 언제든 즐길 수 있고 망치탕, 우럭미역국, 물곰탕, 곳곳에 해장하기 좋은 식당도 많다.

해장국을 소화시킬 겸 주문진 등대마을을 걷는데, 작가 P가 대뜸 "이 좋은데 살면서 어떻게 시를 안 쓴단 말입니까!" 한다. 나도 물었다. "아니, 그렇게 삭막한데 살면서 어떻게 소설을 쓰세요" 그날 우리는 '좋은 곳에 살면 시 따위 쓸 필요가 없다', '삭막한 곳에 살면 소설이라도 쓸 수밖에 없다'로 결론을 내렸다.

도심 여행하듯이 시내와 구도심을 어슬렁거려도 좋다. 내가 즐겨 다니는 코스는 신영극장에서 영화 한 편 보고 내키면 한 편 더 보고, 서점에 들러 책을 고르고, 명주동까지 실실 걸어와 단골 카페에서 커피 마시며 책을 읽거나 대도호부관아 칠사당 마루에 앉아 느티나무를 바라보는 것으로 마무리하는 코스다.

좋은 곳에 사니 당연히 손님맞이도 많다. 손님을 맞이하는 반가운 만큼이나 고충도 따른다. 열 사람 중에 아홉 사람은 숙소를 예약해 달라, 어디를 가야 하는지, 식당을 추천해달라는 부탁을 한다. 여행의 취향도 여행의 조건도 다르건만 일일이 의견을 묻고 살펴야 하니 고단하기 짝이 없다. 여름 피서지에서 사계절 관광지로 바뀐 뒤에는 여름에 고생 몇 번 하고 나면 그만이었지만, 지금은 사계절 '여행 알선 중개업'을 해야 한다.

그러나 알선 중개로 끝나지 않는다. '손님 접대업'도 겸해야 한다. 강릉에 오면 으레 횟집을 간다. 체면을 중시하는 강릉 사람들은 '현지인 한턱'을 내고 염치 살필 틈 없는 손님을 모신다. 머무는 동안 교통과 편의를 제공하고 돌아갈 때는 선물도 잔뜩 안겨 보낸다. 손님이 돌아가고 나면 '강릉에 사는 죄다' 하고는 또 손님을 맞이한다.

강릉에 살면서 '슬기로운 손님맞이' 연습을 많이 했다. 그들의 취향을 고려하되 그들의 취향을 맞춰주기보다는 나의 취향으로 여행 정보를 제공한다. 숙박 예약을 대신해

주기보다는 추천을 하고, 예약하더라도 길게 고민하지 않고 계좌번호와 금액을 보낸다. 식사도 편의도 내 사정에 맞게 하려고 노력한다. 이건 지금도 잘 안 되고 있지만, 예전에 비하면 많이 나아진 것이다.

어제도 가게에 온 파키스탄 커플과 서울에서 온 모녀, 남미여행에서 만나 강릉여행 온 손님들에게 곧 열릴 단오제 홍보를 잔뜩 했다. 오랜만에 연락 온 지인에게도 꼭 오라고 당부하며 전화를 끊었다. 단오 때 바쁘게 생겼다. 장사는 언제 하노.

김영남 선생님 마음이 난리 났다

"개두릅 파는 곳을 알아봐 주시오." 영남 선생님 문자다. 다른 때 같으면 수소문해서 구입처를 알려 드렸을 텐데, 마감에 쫓겨 정신이 가출한 상태라 급한 대로 해살이마을 개두릅 축제 홍보물 이미지를 보냈다. 그러고 나니 영 마음이 쓰인다. 개두릅이 넘쳐나는 철에 설마 파는 곳을 몰라 연락하셨겠나, 시간 조금만 쓰면 될 일을.

지나간 문자를 거슬러 보니 "매생이가 생겼는디 내일 주리다 잠시 들러서" "연잎 보쌈 수육 삶는 방법을 알려주시오" "명주상회 문 열었으면 루꼴라 공수하리다" "올해도 감자 살 수 있을까요?" 그간 문자로 생활 정보를 많이 나눴지만 주로 뭘 갖다 주겠다는 내용이다.

제철 농산물을 사서 전국 팔방에 지인들에게 보내고 물건을 사도 주변 사람들에게 나눠 주는 게 더 많다. 반찬에 과일에 옷과 신발, 꽃 좋아한다고 꽃, 술 좋아한다고 술. 참 많이도 안겨 주셨다. 궁상떨고 있을 때 돈 봉투도 여러 번 주셨다. 매번 손사래를 치면서도 결국 받고야 만다. 조상 어느 분이, 재를 좀 챙겨주거라, 내려보내 주신 것 같다.

오늘도 약속 날짜와 요일을 헷갈려 재차 확인하는 통화 끝에 "우리는 서로를 챙겨 줘야 해요" 하신다. 둘 다 숫자에 약하고 셈을 못 하고 잘 까먹는 사람들이라 교차 체크가 필

수다. 걷다 잘 넘어지고 덤벙대고, 손 크고 잘 퍼주는 것도 닮았다. 나를 '약손'이라고 부르는 영남 선생님 별명은 '작은나무'다. 선생님과 나는 '작은학교 살리기'를 하면서 교사와 학부모로 인연을 맺게 되었다.

두 아이를 공동육아로 키우면서 자연스레 공교육에 대해 고민을 하게 되었고 시민단체 일을 하면서 공동육아와 생협 조합원들과 학부모단체를 결성해 고교평준화, 친환경급식조례를 추진할 때였다. 그 무렵 대안적 공교육 실천을 고민하는 교사들과 결합하면서 '작은학교 살리기 운동'을 시작하게 되었다. 2010년 당시 교육 통폐합 위기에 있던 사천의 '운양초등학교'를 중심으로 교사와 학생, 마을주민과 학부모가 마을공동체를 구성하고 모두가 바라는 학교상과 교육철학을 세우고 교육과정을 함께 만들어 갔다.

교사와 학부모를 모으고, 학교를 홍보하고, 마을에 집을 구해 이사를 오고, 공부하고, 토론하고, 평가하고, 역할을 나누고, 결과를 공유하고, 마을 일에 힘을 보태는 지난한 과정을 통해 학교는 다시 살아났고 마을은 활기가 생겼다. '마을에 아이가 없다는 것은 미래가 없다는 것과 같다', '학교가 살아야 마을이 산다'는 말이 실감이 갔다. 농촌에서 학교는 단순한 교육 시설이 아니었다. 학교는 마을공동체의 구심이었고 구성원들이 서로 성장 과정을 함께하는 마을 교육공동체였다.

공동체. 참 아름다운 단어다. 하지만 공동체를 조금이라도 경험해 본 사람은 안다. 지향이 같다고 해서 가는 길이 마냥 순탄하지만은 않다는 것을. 공동육아 9년을 하면서 산전수전 다 겪었다고 생각했지만, 작은학교 살리기 10년 동안에도 같은 실수를 반복하고 갈등했다.

그런데도 '행복한 학교, 배움의 공동체'인 운양에서 많이 배우고 성장할 수 있었다. 배움은 어디서든 가능하지만, 삶 속에서 배움이 이뤄지고 배움에서 삶이 이뤄진다는 것을 수많은 '관계 맺음' 속에서 실전으로 익힐 수 있었다. 한 사람만으로 이뤄질 수 없는 꿈을 마을교육공동체를 통해 일구고 가꿀 수 있었던 것은 모든 구성원의 노력도 있었지만, 아이들을 사랑하고 교육에 온 힘을 쏟았던 선생님들이 계시지 않았다면 불가능한 일이었다.

영남 선생님과 '그림책읽기 모임'을 할 때 권정생 선생님 생가에 다녀온 적 있다. 선생님은 기억하실지 모르겠지만, 어두워진 마을을 산책하면서 나눈 이야기 중에 "교사란 가르치는 사람이 아니라 삶을 통해 보여주는 사람"이라 하신 말씀을 지금도 기억한다.

운양에서 만난 모든 선생님이 그랬다. 아이들에게만 선생님이 아니라 내게도 선생님이었다. 공동체에서 크고 작은 차이와 갈등이 생길 때도, 말이 아닌 삶으로 보여주는 단단한 교사회가 있었기에 그 시간을 지나왔다.

책이 사람과 닮았다고 생각할 때가 있다. 읽고 읽어 닳아버린 책, 바라만 봐도 흐뭇한 책, 줄 쳐가며 읽는 책, 표지만 예쁜 책, 버리고 싶어도 못 버리는 책, 잊었다가 문득 생각나는 책, 나눠주고 싶은 책. 영남 선생님이 2009년 울진 삼당분교 계실 때 아이들의 글로 엮은 ≪우리집 옆길에 냉이꽃이 천지개락이네≫는 '예뻐서 어쩔 줄 모르는 책'이다. 하도 읽어서 명기, 미현이, 현정이, 유제, 아이들 이름도 외운다. 이 문집에는 선생님이 자주 등장한다. 글 속에서 선생님은 아이들 손톱을 잘라주고 안아주고 잠도 재워주고 질투도 받고 꽃 선물도 받는다.

괜찮아 (2학년 이 건) 나는 / 말이 너무 많아 / 괜찮아 괜찮아 / 말을 많이 하면 / 선생님이 웃어 자빠져

벚꽃나무 (2학년 남유성) 벚꽃 밑에서 사진을 찍었다 / 선생님도 벚꽃 밑에서 사진을 찍었다 / 벚꽃이 피니까 / 선생님 마음이 난리 났다

이오덕 선생님께서 '어린이의 말과 글이 훌륭한 문학'이

라고 하신 이유가 이 문집에 있다. 선생님이 아이들에게 어떤 교사였는지 이 안에 담겨 있다. 교육이 무너졌느니 진정한 교사가 없느니 하는 세상이 되었지만, 내가 사는 곳에는 '운양들'과 '김영남 선생님들'이 있다. 선생님이 만들어주신 아이들의 앨범을 가끔 펼쳐 본다. 이빨 빠진 아이들이 개구지게 웃고 있다. '내 아이', '내 아이 아닌 아이'가 따로 없다.

강릉살이에 진심입니다

하윤과 현우는 지난번 옷차림 그대로다. 오늘도 늘 마시던 대로 짜이를 주문한다. "아이스 짜이 한잔이랑, 두유 짜이는 안 달게 만들어주세요." 하윤이 두 손으로 강릉페이 카드를 내민다. 두 사람은 조용히 와서 책을 읽고 대화를 나누거나 글을 쓴다. 휴대전화를 들여다보는 일도 주위로 시선을 돌리는 일도 없이 자신들의 시간에 오롯이 몰입하다 간다.

얼마 후에 이들이 쓴 ≪작고 단순한 삶에 진심입니다≫라는 책을 읽게 되었다. 유행하는 미니멀 라이프 에세이려나, 하고 읽다 보니 '진솔한 삶에 진심'을 담은 그들의 이야기였다. 하윤과 현우는 8평 원룸에 책상 하나 놓고 살면서 읽고, 생각하고, 산책하고, 쓰고, 노동하고, 먹고, 운동하고, 잠을 잔다.

단조로운 일상을 성실히 반복하면서 '삶은 원래 단조롭다'는 것을 (그 나이에 벌써!) 간파했다는 사실이, 수많은 물음과 자기 직면을 통해 삶에 불필요한 것들을 덜어내고, 있는 그대로의 자신을 찾아가는 진솔한 이야기가 놀라웠다. 이 나이가 되도록 단순한 일상을 못 견뎌 수시로 튕겨나가고 끊임없이 드라마를 만드는 내가 부끄러웠다. 중년을 성찰하게 만드는 청년이라니.

영미는 첫 등장부터 인상적이었다. "친하게 지내, 둘이 잘 맞을 거야." 선배가 영미를 소개했다. '강릉문화도시'에서 준비 중인 잡지의 편집장을 맡기로 한 친구였다. 검은 대형견과 함께 나타난 에너지 넘치는 동무. 슬쩍 봐도 센 언니 포스가 넘쳤다. '잘 맞는다'가 아니라 '잘 맞춰야 할 것' 같았다.

잡지 〈시나미〉는 강릉만의 문화콘텐츠를 발굴하고 아카이빙 하는 데 큰 역할을 하고 있다. 저렇게까지 할 일인가 싶게 자기 비용을 들여가면서 에너지를 쏟아 넣는다. 메이저 상업잡지의 편집장을 맡아 온 이력만으로도 그녀의 능력은 오래전에 입증되었지만, 삶의 방향타를 바꾼 이후로 그녀가 몰입하는 것은 로컬리티다. 강릉의 말, 역사, 풍속, 인물, 생활, 음식, 자연, 어느 분야든 막힘 없고 거침없이 학습하고 소화하고 풀어낸 결과가 잡지에 담긴다. 강릉의 매력을 쓸어 담은 〈시나미〉를 소개할 때마다 '이 잡지로 말할 것 같으면'을 하고 시작하게 된다. 〈시나미〉 말고도 하는 일이 101가지나 되는 사람이지만 대관령 터널을 막아서라도 강릉에 가둬놓고 싶다.

'우리의 소리를 찾아서' "이 소리는 충청도 00에서 밭을 갈며 부르던 소리입니다" 문화방송 라디오 40초 멘트를 기억하는 사람들이 많을 것이다. 이어 흘러나오던 농부들의 노동요와 부녀자들의 타령에 이르기까지, 그 짧은 시간에 흐르는 '우리 소리'를 들으면 몸에 긴장이 풀리면서 하던 일을 멈추곤 했다. 구성진 가락을 듣고 있노라면 인생의 희로애락이 저절로 느껴졌다.

최상일(전 MBC PD) 선생은 대학 농활시절 '아라리'에 꽂힌 이후, 사라져가는 '우리 소리'를 발굴하고 기록하는데 30년 인생을 모두 바쳤다. 1989년부터 10여 년간 전국 139개 시·군 904개 마을에서 어르신 2만여 명을 만나 채록한 민요 자료는 18,000여 곡에 달한다. 그동안 기록하고 모은 자료들은 우리 민요 연구의 기반이 될 수 있도록 서울시에 플랫폼을 제안해 '우리소리박물관'을 건립하는 데 애썼고 초대관장을 맡기도 했다. 그의 동반자이자 세계여행을 하며 음악을 소개하고 틈틈이 음악축제 진행자로도 활동하는 신경아 작가와 함께 은퇴 후 강릉에 터전을 마련했다.

그는 지나온 세월을 '고고학자의 보물찾기'에 비유한다. 수많은 보물을 발굴하는 과정에서 만난 마을과 사람들, 그에 얽힌 수많은 사연의 실타래를 풀어보는 시간을 명주상회에서 가졌다. 특별하고 귀한 우리 소리에 다들 흠뻑 빠져들었다. 우리 소리는 민요와 판소리와 달리 사람으로 전

승되기 어렵지만, 촘촘하고 방대한 기록을 통해 이렇게 보존되고 있었다.

우리 산하의 곳곳을 누비며 민중의 가장 속 깊은 곳까지 들어가 우리 소리를 담고 풀고 남긴 최상일 선생은 그 자체로 인간문화재요 보물이다. 강릉은 최상일 보유도시가 되었다.

어느새 내 주변은 강릉에 이주한 사람들로 관계망이 짜이고 있다. 노동환경을 연구하고 기록하며, 법과 제도를 바꾸기 위해 오랫동안 애써온 온 노무사 혜영은 일상을 나누는 친구가 되었고, 치앙마이에서 게스트하우스를 운영하다 코로나 타격을 입고 돌아와 강릉라이프를 즐기고 있는 양짱과 큰쓰는 태국식당 팝업스토어를 같이 열기도 했다. 지방 소도시 마을을 창작자들과 엮어주는 스테이 사업과 여행프로그램을 운영하는 청년 혜진과는 문화 활동을 공유하고 있고, 한달살기를 하러 온 은퇴자부터 창작활동을 하다 정착을 하게 된 청년들에 이르기까지 다양한 이주자들과 관계 맺고 있다.

20대에 강릉을 떠나있던 몇 년의 기간을 제외하고 강릉에 붙박이로 살던 환경에서 벗어난 이후, 다양한 분야에 속한 이주민들과 즐거운 일을 도모하며 일상이 확장되는 경험을 하는 중이다. 유행처럼 번지는 반짝살이가 아니라 강릉살이에 진심인 사람들이 점점 많아지고 있는 현상도 강릉의 긍정적 변화를 기대하게 만든다. 강릉은 변하지 말아야 할 것도, 변해야 할 것도 많은 도시다. 강릉의 도시경쟁력이 높아질 것이라고들 한다. 하지만 개인적으로 도시경쟁력이란 말을 좋아하지 않는다. 경쟁력보다는 생명력을 지니길 바란다. 도시마다 정주와 이주가 활발하게 이뤄지고 공감과 연대를 바탕으로 다채로운 교류가 일어날 때 도시가 생명력을 갖는다고 생각한다. 강릉은 그런 면에서 기대와 설렘을 갖게 한다.

멍터로 간 까닭은

작은 공간에 온종일 있다 보면 갑갑증이 올라올 때가 있다. 손님이 있을 땐 짜이 몇 잔 끓이고 이야기 좀 나누다 보면 하루가 금방 지나가지만, 거리에 행인 구경하기도 어려운 요즘에는 혼자 있는 시간이 많다 보니 공간의 압박이 더 느껴진다. 그럴 때마다 가게 건물 뒷골목에 있는 '멍터'로 간다.

이곳은 통신사 건물에 딸린 삼각형 모양의 4평쯤 되는 자투리땅이다. 통신 시설이 매설돼 있어 외부인 출입이 불가능한 곳인데 낙서 금지 담벼락에 낙서하고 싶은 심보랄까. 출입금지에 호기심이 생겼다. 까치발을 들고 회양목 울타리가 쳐진 안을 들여다보았더니 말라붙은 덩굴식물과 덤불로 가득했다.

처음에는 울타리 밖으로 빠져나온 덩굴을 하나씩 잡아당겨 걷어내다가 어느 날부터 공터 안으로 들어가 본격적으로 덤불을 걷어냈다. 덤불을 다 치우고 나면 땅이 나올 줄 알았는데 난데없이 쓰레기가 나왔다. 골프채, 노트북 가방, 신발, 바구니, 화분, 술병을 비롯해 온갖 쓰레기와 건축 폐기물이 가득했다. 밖에서 잘 보이지 않는 공터라 쓰레기를 허락 없이 내버린 것이었다. 쓰레기는 치우고 싶고 출입 금지구역에 계속 몰래 드나들 수 없어서 통신사 관계자를 찾아갔다.

"왜……. (그걸 굳이) 왜 치우려고 하세요?"

"그냥, 답답해서요. 제가 골목에, 거기가 서 있는 곳이거든요. 나무도 있잖아요. 그래서 거기 서 있어야 하거든요. 맨날 보는 데 쓰레기가 있으니까."

"쓰레기가 있다구요? 몰랐네요. 들어가지 않으니. 이 골목 사세요?"

"사는 건 아니고. 가게 해요. 장사."

"아, 그러세요? 근데 장사는 안 하세요?"

남의 땅 쓰레기를 치우겠다고 눈치 보며 부탁하는 상황도 어벙한 대화도 웃기긴 했지만 어쨌거나 감사하게도 허락을 받아냈다. 쓰레기를 몇 달에 걸쳐 마대자루 몇십 장 분량을 내다 버렸다. 쓰레기가 얼마나 많았는지 다 치우고 나니 땅이 푹 내려앉은 것 같았다.

이듬해 봄이 되어 공터에 풀이 돋고 나무에 새순이 자라니 도무지 그냥 바라볼 수가 없었다. 공터를 그냥 버려둔다고? 이 아까운 자투리땅을? 통신사에 찾아갔다. 그냥 놔두면 다시 쓰레기 무단투기 장소가 될 테니 지속적인 관리가 필요하다. 내가 관리해 줄 테니 출입을 허락해 달라고 했다. 정원을 만들고 싶은 속셈은 감추고. 쓰레기를 치운 노고의 답으로 관리자가 출입허가를 해주었다.

제법 큰 뽕나무 한그루가 있었고 안쪽에는 앵두나무도 있었다. 처음엔 의자 하나 갖다 놓고, 작은 화분을 들이는 것으로 시작해 퇴비와 흙을 사다 붓고 작은 텃밭을 만들었다. 출입허가만 해준 것이지 정원 만드는 걸 허락해 준 건 아니어서 관리자와 마주칠 때마다 예쁘게 꾸며놔야 사람들이 쓰레기를 안 버린다고 설득을 시켰다.

토마토와 가지 모종을 심고 줄을 세워 가꾸고 친구들이 분양해준 허브와 식물들을 키웠다. 이웃집과 경계한 담장 아래로 덩굴장미와 수국도 심었다. 앵두와 오디를 따먹고 허브와 채소로 요리를 만들어 친구들과 가드닝 파티를 열었다. 꽃을 따로 심지 않아도 계절마다 작은 들꽃이 피었다.

골목을 가로질러 물을 끌어와 주고, 불볕더위엔 그늘막을 치고 폭우가 쏟아지면 우산을 받쳐 놓기도 하고 벌레를 잡고 잡초를 고르고. 작은 땅에 바치는 노동과 땅에서 얻는 기쁨과 행복이 컸다. 멍터가 없었더라면 도로변 손바닥만 한 가게 안에 들어앉아 쪼그라들어 갔을 것이다.

'멍터'는 친구가 지어준 이름이었다. 그곳에서 노상 멍 때리고 있었으니 말이다. '하늘 안 무너져' 그곳에서 친구의 말을 늘 떠올렸다.

올해는 멍터에 별다른 계획이 없다. 겨울 동안 살아남은 허브들이 무더기로 싹을 틔우고 있어 최소한의 돌보기만 하고 들쭉날쭉 자라는 들풀도 그대로 두기로 한다. 작년 여름과 가을, 멍터를 돌보는데 쓰던 원예 도구들을 누군가 다 가져가 버렸다. 애써 가꾼 장미도 수국도 모두 뽑아갔다. 물이 충분해야 자라는 수국은 그늘 없는 공터 땡볕에서 키우기 어려운 식물이다. 모종으로 심어서 두 해 동안 가꾸느라 공을 많이 들였다. 이제 겨우 꽃봉오리를 맺었는데 그걸 통째로 뽑아간 것이다. 안간힘을 다해 꽃대를 올린 수국의 눈물겨운 시간을 약탈해 가다니. 그렇게 뽑혀간 수국은 꽃을 피우지 못한다. 살아남을 수 있겠지만 다음 해까지 다시 땅에 적응해야 한다. 들인 정성이 아까워서가 아니라 식물을 모르는 사람의 소행이라 생각하니 더 속상했다.

지난겨울에 통신사에서 시설정리를 한다면서 회양목 울타리를 몽땅하게 깎았다. 뽕나무도 잘려나가 나무토막처럼 보인다. 잔가지 하나 없는 몸뚱이에서 돋아난 이파리가 나무의 생존을 증명한다. 길고양이를 묻어준 자리에 양지꽃이 피었다.

가꾸고 돌보아도 여전히 누군가는 쓰레기를 버리고 오

물을 버린다. 경고문도 붙여 봤지만 소용이 없었다. 지금은 그저 치우기만 한다. 버리는 사람 따로 있고 치우는 사람 따로 있다는 걸 받아들이니 마음이 편하다. 이 골목에 자투리땅이라도 있어 숨 쉴 수 있다는 게 어딘가.

기승전 바다

차를 몰고 달리다 보면 어느새 바다에 와 있다. 몸 안에 최종목적지를 바다로 설정해 놓은 내비게이션이라도 들어 있는지 차만 타면 무심결에 바다를 향해 가고 있다.

시간이 여유로운 날은 7번 국도를 따라 양양, 고성까지 해안의 작은 포구마을을 순례하기도 하고, 아침부터 바다를 못 참는 날은 주문진 소돌까지 갔다가 서둘러 올 때도 있지만, 대체로 사람들이 붐비지 않는 조용한 해변에 차를 대 놓고 오늘처럼 바다 멍을 한다.

은빛 윤슬이 가득한 아침바다, 하늘과 경계 없는 정오의 바다, 집어삼킬 듯 몰아치다가도 쥐죽은 듯 고요해지고, 투명했다가 불투명했다가, 잿빛이었다가 분홍빛이 되는 바다. 계절과 날씨, 시간에 따라 그날의 기분에 따라 바다는 수만 가지 모습을 보여준다.

밀물과 썰물이 있는 서해와 섬이 있는 남해와는 달리, 망망한 동해는 평면 추상화로 보이기도 한다. 분석적으로 해석하려 들지 않고 마음으로 바라보아야 하는 그림처럼 언어로 설명되기 전에 빛으로 선으로 색으로, 마음 너머의 것들을 불러온다.

온종일 꼼짝 않고 바라본 적도 있다. 무엇을 하지 않더라도 바다를 보고 있는 것만으로도 몸이 이완되고 마음이 안정되면서 심신이 트인다. 나아가 공감각이 열리고 내면의 소리가, 바다가 하는 말이 들려오면 글로 기록하거나 바다의 모습을 사진으로 담아두었다.

늘 바라만 봤던 건 아니다. 바다에 들어가지 않고는 못 배길 때가 있다. 여름이 끝나가는 바다는 한여름보다 수온이 높다. 타오르던 여름의 잔불 같은 열기가 잔잔한 비가 되어 내리는 날이 있다. 그런 날은 바다에 들어가야 한다. 파도가 셀 것 같지만 뜻밖에도 너무나 고요하다. 비를 맞으며 수영하는 느낌을 뭐라고 표현해야 할지 모르겠다. 말할 수 없이 평온했다. 다른 행성으로 순간 이동해 온 것 같은, 그런 기분이 들었다.

이 무렵의 바다는 밤 수영하기에도 좋다. 불빛이 비치지 않는 인적이 드문 해변에서 옷을 다 벗고 맨몸으로 수영을 한다. 처음엔 망설여졌다. 밤바다가 무서워서가 아니라 사람들을 마주칠까 봐. 대낮에 시전 하기에는 용기가 없으니 밤에라도 하겠다는 건데, 본다 한들 어차피 내가 누군지도 모를 것이고 당황스러운 것은 내가 아니라 상대방이라고 최면을 거니 용기가 좀 생겼다.

누구의 방해도 받지 않는 극치의 해방감, 맨몸으로 바다와 하나 되는 관능의 경험. 남의 시선이 뭐라고 이 좋은 걸

여태까지 왜 못하고 살았나 싶었다. 그 후로도 밤바다 수영을 소심하게 계속 이어갔다.

차에는 휴대용 의자와 테이블, 돗자리가 늘 실려 있다. 해안가 솔숲이나 백사장 어디서든 펼치기만 하면 피크닉을 할 수 있다. 답답한 카페보다 바다 정원을 배경 삼아 커피를 내려 마시거나, 노을이 물든 바다를 감상하며 와인 한 병을 천천히 비워도 좋다. 솔숲 그늘에 누워 시원한 바닷바람을 맞으며 책을 읽다 보면 스르륵 잠이 들기도 하는데, 세상에 이런 꿀잠이 없다.

일하다가 골치가 아프면 쉬러 오기도 하고, 점심시간에 김밥이나 샌드위치를 챙겨와서 대충 때우고 바다를 보며 커피 한잔해도 시간이 여유롭다. 바다가 지척에 있으니 가능한 일이다.

누군가는 마음먹고 시간을 들여야 올 수 있는 바다를 날이면 날마다 볼 수 있다는 건 대단히 큰 자랑이 아닐 수 없다. 가진 게 많아도 잘난 게 많아도 드러냄 없는 사람들 앞에서, 내세울 것이 바다라는 사실이 꽤 뿌듯하다. '바다도 없으면서!' 놀려먹는 재미도 크다.

"집 생각은 안 나도 바다는 보고 싶더라." 객지 생활하는 친구는 강릉에 내려올 때마다 같은 말을 했다.

친구들이 전화로 "나 강릉 간다" 하면 바다를 보러 온다는 소리다. "어디로 갈까?" 차 시동을 걸며 친구가 묻는다. '어디로 갈까'는 '어느 바다로 갈 거냐'는 말이다. 메뉴판을 들여다보며 요리를 고르듯 그날의 기분에 따라 바다를 고른다.

"소돌 가자."

오늘의 바다는 풀코스 요리다. "경포, 사근진을 지나 순포에 내려 습지공원을 산책하고 나와 커피를 마시고, 사천항에서 섭국으로 점심을 먹을 거야. 소화 시킬 겸 연곡천 하구와 영진해변을 걷고 주문진에 가 보자. 항구랑 시장을 둘러보고 등대까지 올라갔다가 저녁은 소돌항회센터에서 먹자."

우리는 만나면 늘 바다에 갔다. 진로를 고민할 때도, 연애를 시작했을 때도, 실연을 당했을 때도, 사랑하는 사람을 떠나보냈을 때도, 삶이 뜻대로 되지 않아도, 하늘 무너지는 고통을 당해도, 바다가 필요했다. 바다에 와서 투정하고, 고백하고, 성토하고, 화내고, 슬퍼하고, 웃고, 주정했다.

청춘의 한 시절 우리는 기승전 바다였다. 바다에서 마신 소주를 빈 병으로 줄을 세우면 경포호수를 한 바퀴를 돌리고도 남을 것이다. 옥계, 정동진, 안인, 남항진, 안목, 송정, 강문, 경포, 사근진, 순긋, 연곡, 사천, 영진, 주문진, 소돌……. 지나온 날들의 마디 같은 바다.

내가 사는 곳이 순환과 반복의 구(球)체 행성이라는 것을, 모든 것이 이어져 있다는 사실을 바다에 오면 알 수 있다. 무한으로 이어지는 심연을 품은 채, 예측불허와 고독의 삶을 비유하기에 바다처럼 적합한 대상은 없을 것이다.

삶은 그 무엇으로도 소유 당하거나 지배당할 수 없고, 끊임없이 밀려드는 파도에 저항하지 말고 힘을 빼고 순리에 맡겨야 한다는 것. 격정의 청춘은 지나가고 송정 솔밭을 맨발로 걷고 바다멍으로 시간을 보내는 중년이 되었다. 이제 바다는 격정적이지 않을 예정이다.

공사다망 강릉계

보험 판매하는 친구가 있다. 친구의 수첩은 모임 일정으로 빼곡하다. 거의 계 모임이다. 무슨 계가 그리 많냐고 하니 초중고 반창회, 동창회, 대학 동기계, 상포계, 사위인 자신도 참여하는 처가 남매계, 여행계, 친구들 부부계, 전 직장 동료 친목계, 친한 형님들계, 형제계……. 쉬지 않고 나온다. 조기축구회, 골프모임까지 포함해 15개쯤 된다고 했다. 미처 다 세지도 못했다. 대부분 보험회사에 다니기 전부터 있었던 계 모임이고 세일즈를 하다 보니 더 열심히 할 뿐이라고 했다. 강릉사람들이 유난히 계를 좋아한다지만 계모임을 비롯해 친목 모임 하나 없는 나로서는 놀라울 따름이다.

학령기 자녀를 둔 엄마 모임, 사교육 정보모임, 수영장 회원모임, 취미모임, 생활체육 모임, 문화강좌 수강생 모임에 이르기까지 강릉사람들 대부분이 계모임 몇 개쯤은 가지고 있다. 친구의 말에 의하면 양양이 고향이면서 강릉의 모 기관에 근무하는 직원계, 동창 내에서도 서울에서 대학을 다닌 친구 모임, 심지어 삼척이 처가인 사람들이 모여 만든 계도 있다고 한다.

일설에 우리나라 4대 계모임으로 해병전우회, 고대동문회, 호남향우회와 더불어 강릉계를 꼽는다고 하는데 강릉에 천 개 정도의 계모임이 있다고 하니 과연 그럴 만도 하다.

혈연과 지연, 학연을 중요시하는 강릉의 풍토에서 계모임은 어제오늘의 일은 아니다. 현존하는 우리나라 계 중에서 가장 오래된 금란반월계(金蘭半月契)는 1466년(세조 12년)에 오죽헌을 건립한 최치운의 아들 최응현을 스승으로 추앙하는 젊은 유생들에 의해 조직되어 계원의 후손들에 의해 지금까지 이어져 오고 있다. 계모임 장소였던 금란정을 거점 삼아 아직도 1년에 4번씩 모임을 한다고 한다. 금란정을 비롯해 경포호 주변에 분포해 있는 12개에 이르는 정자를 모두 계원들이 지었다는 걸 보면 계 문화의 뿌리가 깊다는 걸 알 수 있다.

후학 양성과 학맥을 이을 목적으로 만들어진 계뿐만 아니라 상부상조를 기반으로 한 계는 더 다양하게 존재했다. 산악지형의 특성으로 인해 의료혜택을 받지 못한 사람들을 구환하기 위해 선비들이 돈을 모아 약국계를 조직해 의원들과 약방의들을 길러내기도 했고, 곤궁한 시절 세금을 내지 못해 관에 끌려가 고초를 겪는 이웃을 구제하거나 농사 지을 종자를 제공해 살길을 열어준 선비계도 있었다.

특히 마을마다 조직된 대동계는 구성원들이 서로의 부

조를 목적으로 조직해 공동체의 화합과 단결을 도모했는데 조선시대부터 지금까지 이어지고 있는 위촌리 도배례도 대동계에서 비롯됐다. 지금도 해마다 설이 되면 100여 명의 주민이 촌장을 비롯해 마을 어른들에게 합동세배를 드리고 음식을 나누는 마을 축제를 연다. 합동세배를 하는 마을이 거의 사라지다 보니 위촌리 도배례를 무형문화로 보전하려는 움직임이 활발하다.

위촌리 바로 옆 마을인 관음리는 나의 외가 친척들이 사는 집성촌이었다. 설이 되면 큰댁으로 세배하러 갔다. 촌수도 모르는 처음 만난 어른들에게도 세배하고 사촌들과 동네를 돌며 세배하러 다녔다. 이 방 저 방 드나들며 밤새워 먹고 마시고 이야기 나누는 어른들 사이에서 먼 친척 무릎을 베고 잠들었던 기억이 난다. 이제는 한 집 가족 겨우 모이기도 바쁜 설을 쇠지만 어릴 적 푸짐한 설음식과 한복, 윷놀이, 기와집과 초가집 돌담의 풍경이 그리울 때가 있다.

대동계는 사적 소유를 넘어 사회 환원을 실천하기도 했다. 주문진 대동계는 사임당연수부지와 강원도립대학을 설립할 당시 교육 인재 양성을 위해 소유하고 있던 부지를 제공했고, 강릉의 계는 강릉고등학교(전 강릉대학교) 부지를 기부했다. 이렇듯 강릉의 계모임은 다양한 형태로 존재해 왔다.

강릉계는 역사와 전통 속에 나름대로 지역의 정체성을 지닌 문화로 이어져 오고 있지만, 외지인들에게는 텃세로 작용하거나 배타적으로 보인다는 비판을 받기도 한다. 현대사회에 들어와 특정 집단의 이익이나 친목을 다지는 방향으로 이어져 오기도 했고, 강릉의 지리적 특성과 함께 계 문화의 남다른 결속력 때문이기도 하지만, 강릉계는 지역에서 문화를 보전하고 상부상조와 공동체 정신을 잇는 힘이기도 하다.

많은 조직과 그룹을 상대해야 하는 사회운동을 업으로 삼다 보니 특정 집단에 소속되는 것이 불편하고 개인적인 성향과도 맞지 않아서 누구나 하나쯤은 있다는 동창회나 반창회 가입도 해본 적 없었다. 생협과 공동육아, 마을학교, 시민단체 활동을 하면서 사회적 목적이 분명하고 지향점이 같은 사람들과 교류했으므로 사적인 계모임이나 친목회에 대한 필요성을 느끼지 못했다.

그러다 중년에 접어들어 반가운 친구들을 만나 자연스레 고등학교 시절 친구들 모임에 나가게 되었다. 캐릭터가 분명한 친구들이었지만 대부분 합리적이고 배려가 있는 친구들이어서 까칠한 내가 묻어갈 수 있었다. 몇 년 후에 바쁜 일을 핑계로 모임을 나오게 되었지만, 지난 시간을 생각하면 우정을 베풀어준 친구들이 여전히 고맙다.

조건 없이 서로에게 힘이 되고 정을 나눌 수 있다면, 각박한 세상살이의 고단함을 덜고 삶의 온기를 나눌 수 있다면, 그런 계모임 하나쯤은 있어도 좋겠다.

나의 첫 가출은 '막차는 좀처럼 오지 않았다'로 시작하는 곽재구의 시 《사평역에서》가 발단이었다. 수업시간에 이 시집을 교과서 밑에 깔아놓고 읽다가 담임에게 들키는 바람에 교무실로 끌려가게 되었다.

담임은 책가방에 들어있던 책들을 탁자에 올려놓게 했다. 곽재구의 《사평역에서》, 박노해의 《노동의 새벽》, 고리끼의 《어머니》, 《전태일 평전》이었다. "아이고 이놈 봐라, 학생이 공부는 안 하고." 한 음절씩 발음할 때마다 지휘봉이 명치를 눌렀다. 이념서적을 보는 게 정상이냐, 누가 이런 책을 읽으라고 시켰냐며 추궁했다. 교내에 전교조 결성을 위해 활동하던 교사가 있었지만, 담임의 추궁은 명백한 사찰이었다. 《사평역에서》 한 권을 제외하고 책은 모두 압수됐다. 억울하고 분한 마음이 삭여지지 않아 자리를 박차고 교무실을 나왔다.

학교를 나와 용지각 근처를 맴돌다 달리 갈 데가 없어 강릉역으로 갔다. 대합실에 앉아 기차 없는 철로를 한참 내다보았다. 철로를 보고 있으니 어디론가 떠나고 싶어졌다. 역무원에게 사평역에 가려면 어떻게 해야 하냐고 물었다. 역무원은 되려 사평역이 어디에 있는 역이냐고 물었다. 나중에 알게 되었지만, 사평역은 존재하지 않는 역이었다. 김승옥의 《무진기행》을 읽은 문학청년들이 무진역을 찾아 헤맸다고 하는데 꼭 그 짝이 될 뻔했다.

역무원도 모르는 역을 찾아가긴 글렀고 밤은 깊었고, 어디든 가 보자는 심정으로 강릉역에서 출발하는 마지막 기차표를 끊었다. 서울 청량리역이었다. 동해-태백-영주를 거쳐 밤새 달려 도착하니 다음 날 아침이었다.

기차에서 내렸지만 어디로 가야 할지 몰라 어벙하게 서 있는데 역무원이 다가왔다. 서울에 왜 왔냐, 집이 어디냐, 학생증 내놓으라 하면서 이것저것 묻더니 "서울은 위험해, 얼른 집으로 돌아가"라며 다짜고짜 등을 떠밀었다. 그리고는 강릉행 기차표를 끊어주며 내가 기차에 올라탈 때까지 지키고 서 있었다.

막차를 타고 서울로 가서, 다음 날 첫차를 타고 강릉으로 돌아온, 나의 첫 가출은 이렇게 끝났다. 집에서는 내가 가출한 지도 모르고 있었다. 만약 청량리역에서 나를 처음 발견한 사람이 역무원이 아니라 나쁜 의도로 접근한 사람이었다면 어떻게 되었을까. 누가 봐도 촌에서 갓 상경한 행색에 흔들리는 눈빛으로 주변을 어리바리 대는 청소년. 속칭 청량리 588이 그 지척에 있었다니 가끔 혼자만의 소설을 써 보기도 했다.

다음 날 학교에 갔더니 담임이 책을 돌려주었다. '자를 테면 잘라라' 반항기로 무장한 사춘기 애를 무슨 수로 새내기 교사가 감당할 수 있었겠는가. 담임은 학년을 마칠 때까지 나의 일탈을 암묵적으로 봐주었다. 덕분에 교과서 밑에 감춘 책을 들키지 않을 수 있었고 어떤 날은 수업을 빼먹고 도서관 구석에 숨어 보고 싶은 책들과 화집을 맘껏 볼 수 있었다. 대학을 가지 않고 현장을 가겠다고 결심을 굳힌 것도 이 무렵이었다.

되돌아보면 학창시절뿐만 아니라 성인이 될 때까지 주위에 좋은 분들이 늘 계셨다. 야간자율학습 시간에 불러내 간식 사주며 인생상담 해주시던 영어 선생님, 책 편식하지 말라며 독서 길잡이 역할을 해주시던 불어 선생님, 외상 책값 못 갚아도 내색 한번 안 내시던 헌책방 주인아저씨, 샛길로 빠지지 않게 다잡아 주던 선배들, 관용을 베풀고 기회를 주셨던 분들…….

내 인생의 많은 순간에 '기차표를 끊어주며 집으로 되돌려 보낸 마음들'이 작용했음을, 나이가 드니 이제 겨우 알겠다.

대설주의보

"이곳은 지금 엿새째 1미터가 넘는 기록적인 폭설이 내리고 있습니다. 산간마을이 고립되고 비닐하우스가 무너지는 등 피해가 잇따르고 있습니다."

폭설을 전하는 뉴스는 그 후로도 5일간이나 이어졌다. 2014년 2월 6일부터 11일간 내린 눈은 179cm가 넘게 내려 1911년 강릉에서 기상관측이 시작된 이래 최장, 최고의 폭설로 기록되었고 강릉시는 폭설 백서를 발간하기까지 했을 정도다.

때때로 겨울 북동풍은 동해안을 지나면서 습기를 머금은 상태로 태백산맥과 충돌해 급작스럽고 긴 폭설을 쏟아붓는다.

폭설에 익숙한 강릉 사람들은 어지간히 내린 눈은 눈으로 치지도 않는다. 웬만한 폭설에도 차를 몰고 다니고 무릎이 빠질 정도는 돼야 눈 좀 왔네 한다. 제설만큼은 진심인 도시라 아무리 눈이 많이 온 날이라도 아침이 되면 도로는 거의 뚫려있기 마련이지만, 제설작업으로 산처럼 쌓아둔 눈 위로 다시 눈이 내리기를 반복하다 봄을 맞는다.

강릉은 눈이 늦게 오는 편이다. 주로 1월 하순에서 2월에 몰아서 내리지만 봄에도 눈이 내리는 경우가 심심치 않게 있다. 벚꽃이 한창일 때 펑펑 쏟아져 내리면 아무리 눈이 좋아도 분위기 못 맞추는 아재 쳐다보듯 하게 된다.

기후변화 탓이겠지만 '폭설의 도시' 강릉은 몇 년째 이름값을 제대로 못 하고 있다. 2018년 평창 동계올림픽을 앞둔 겨울엔 눈이 안 오면 어쩌나, 도민들의 발을 구르게 했다.

살면서 수 없이 경험했지만, 폭설은 태풍이나 홍수처럼 자연재해가 아닌 추억으로 남아있다. 10살 무렵이었던 것 같다. 새벽에 자다 깨어 요강이 놓인 마루로 가려고 방문을 여니 담도 벽도 아닌 흰 무엇이 가로막고 있었다. 눈이 처마까지 쌓여 하늘을 볼 수 없으니 잠결에 본 것이 눈일 것이라 생각도 못 했다.

다음 날 아침, 축축한 이불 속에서 눈을 떴다. 소금 얻어오라고 옆집 정아네로 쫓겨날 판이었지만 엄마는 아무 말이 없었다. 흔들리는 내 이빨에 실을 감아 단번에 뽑아내던 무서운 정아네 엄마. 폭설이 날 살렸다.

오도 가도 못 하게 내린 눈에 파묻힌 집에서 내복 바람으로 뒹굴뒹굴하기를 여러 날. 강냉이 뻥튀기 자루가 거의 비어 갈 때쯤, 안테나가 살아났는지 텔레비전이 다시 나왔다.

동네 아이들과 산으로 들로 기운 뻗치게 뛰어다닐 때라

평소 같으면 저녁 밥상 물리기 바쁘게 곯아떨어졌을 텐데, 그날은 운 좋게 TV문학관을 보게 되었다. 두 남자와 한 여자가 황량한 들판의 눈보라 속을 헤치며 걷고 있었다. 스토리는 기억에 없고 그 장면만 생생하다. 훗날 알게 되었지만 〈삼포로 가는 길〉이었다.

폭설이 내리면 〈삼포로 가는 길〉이 저절로 떠오른다. 폭설에 파묻힌 밤, 목화솜 이불을 뒤집어쓴 채 아득한 잠의 나락으로 떨어질 때, 어쩌면 내 의식 너머 어딘가에 그 장면이 저장되었을지도 모르겠다.

폭설 앞에선 덮어놓고 관대해진다. 차가 끊겨 주문진에서 강릉까지 신발을 비닐봉지에 싸맨 채, 언 발로 그 먼 길을 걸으면서도 노래를 흥얼거릴 정도였으니.

소금강 산장에 갇혔을 때도, 결항으로 공항 노숙을 할 때도 당황스럽거나 걱정되지 않았다. 느닷없는 고립은 내키지 않는 현실 세계로 등 떠밀지 않고 '괜찮아, 그냥 여기 있어도 돼' 한다. 단절과 고립감이 아닌 평온한 세계로부터 보호받는 느낌이 든다.

이번 겨울 들어 몇 주 째 눈 소식이 있었지만 한 번도 내리지 않았다. 지형에 따른 특이한 기상 탓에 관측은 번번이 빗나가지만, 눈 소식은 호구가 된 심정으로 자꾸만 기대하게 된다.

기다리던 눈이 오지 않을 땐 차를 몰고 대관령에 간다. 하얗게 덮인 대관령을 멀리서 바라만 보고 있자니 속이 탄다. 구불구불한 대관령 옛 도로를 오르다 보면 설경이 느린 속도로 펼쳐진다.

휴게소 근처에 차를 세우고 선자령이나 능경봉으로 향한다. 등산 준비 없이 충동적으로 간 날에는 눈이 시릴 때까지 눈을 본다. 횡으로 날리는 눈보라 속에서 통각이 사라질 때까지 서 있다 오기도 한다.

"국경의 긴 터널을 빠져나오자, 눈의 고장이었다." 폭설이 내리는 날 대관령 터널을 지날 때면 가와바타 야스나리의 소설 《설국》 첫 문장이 떠오른다. 군마현과 니가타현을 잇는 시미즈 터널을 통과하면 기차는 아름다운 허무의 공간, 설국에 도달한다. 그는 소설에서 설국을 '이 세상과 다른 상징적이고 비현실적인 세계'라고 했다. 대관령 터널을 통과하면 천지간이 온통 하얗게 뒤덮인 강릉이 비현실적인 세계로 다가온다.

오늘 밤 드디어 대설주의보가 떴다. 그냥 눈 좀 오는 게 아니고 대설주의보란다. 온종일 창문을 열었다 닫았다 하늘을 수도 없이 올려다본다. 늦게라도 진부로 넘어갈까.

스님에게 오대산 북대암에 가겠다고 졸라볼까. 아니다. 얼마만의 대설주의보인데 내 집에 갇혀보자.

눈을 맞이하려면 준비를 해야 한다. 식탁을 깨끗이 치워놓고 청주를 데우고 진공관 앰프를 켠다. 눈 오는 밤 플레이리스트는 항상 준비돼 있다. 이제 눈만 내리면 된다.

송창식의 '밤눈'이 흘러나온다.

한밤중에 눈이 내리네 / 소리도 없이 / 가만히 눈 감고 귀 기울이면 / 까마득히 먼 데서 눈 맞는 소리 / 흰 벌판 언덕에 눈 쌓이는 소리 / 당신은 못 듣는가, 저 흐느낌 소리 / 흰 벌판 언덕에 내 우는 소리

에필로그

누구도 아닌 나의 강릉 이야기

"기억나? 초당숲에 갔을 때 대관령을 바라보면서 들려주던, 나는 그때 들었던 강릉 얘기가 참 좋았어." 책을 쓰고 있다고 하자 조이가 반색하며 말했다. 강릉을 베이스캠프 삼아 몇 달씩 떠났다가 "짜이가 그리웠어" 하며 예고 없이 나타나는 조이. 내가 기억하지 못하는 이야기를 그녀는 기억하고 있었다. 어쩌면 이 책에 담긴 이야기는 언젠가 누군가에게 무심결에 들려주었던 것인지도 모르겠다.

부담을 내려놓고 여행하듯 쓰겠다고 했지만, 익숙한 듯 낯선 길에서 많이 헤맸고 나를 마주 보아야 하는 순간 앞에서 뒷걸음치기도 했다. 글을 써야 할 기간 동안 크고 작은 행사를 치르느라 정신을 팔았고, 정신을 수습하고 나면 몸은 말을 듣지 않고 시간은 훌쩍 지나가 있었다.

글을 쓰다 말고 동해북부선 옛 철길의 흔적을 찾아다니거나, 초당의숙을 생각하며 여운형 선생의 전기를 다시 읽었다. 칠사당과 객사문을 수시로 들락거리고 코앞에 식당을 놔두고 주문진시장까지 가서 국밥을 먹고 왔다. 옛날 영화를 몰아서 보기도 하고 오지도 않는 낮잠을 잤다. 글로 옮길 수 없는 짓을 하며 시간 허비도 많이 했지만, 부지불식 중에 벌어지는 나의 행적을 관찰하는 재미도 있었다.

담지 못한 이야기도 많다. 고즈넉한 천년의 사찰과 서낭마다 모셔진 설화 속 여신들, 삶의 의지를 확인하고 싶을 때마다 찾아갔던 포구들과 사라질 목전에 있는 홍제동 무선국 벚꽃동산, 오랜 세월 허난설헌 생가터를 돌보던 관리인이 쓸고 또 쓸던 마당의 빗자국, 연곡천 하구에 반짝이던 은어떼와 모래톱에 묻어 두었던 것들의 안부는 담지 못했다.

짧은 여행이라 많은 이야기를 담을 수는 없었지만 강릉에서 맺은 인연들을 새삼 돌아보게 되었고, 강릉에 살면서 나를 물 들인 것들과 삶을 지탱하게 해 준 존재들에게 감사한 마음을 갖게 되었다.

마지막 원고를 쓰고 에필로그를 남겨두고 있는데 Y로부터 연락이 왔다. 사실, 이 책의 시작은 3년 전 그의 당부 때문이기도 했다. "자신에게 보상을 줄 때가 됐어요. 강릉 이야기를 써 봐요. 자신을 위해서 꼭 그렇게 하세요." 그때는 외면했지만 시간이 지나면서 그의 당부는 밀린 빨랫감이 되어갔다. 책을 쓰게 되었다는 연락도 하지 않았고, 책이 나와도 보여줄 자신이 없었지만 글을 쓰는 동안 그의 말이 내내 떠올랐다.

'누가 이런 글을 읽겠어.' 하는 생각에 미약한 자존감으로 가라앉을 때마다 누구를 위해서가 아니라 나를 위해서라고 스스로 격려해 주었다. 사적 경험으로 강릉의 이미지를 해치거나 왜곡하는 건 아닐까 걱정이 들기도 했다. 불필요한 책임을 스스로 지려는 습관이 올라올 때마다 '누구나 좋아할 만한 이야기를 써야 하지 않을까?' 하는 생각이 들었고 누구의 것도 아닌 나의 강릉을 쓰자며 다잡았다.

재주 없는 글을 쓰느라 힘들었지만 기억을 더듬고 생각을 정리하며 보낸 시간은 나에게 충분한 보상이 되었다. 그의 당부로 시작한 책을 곧 전할 수 있게 되어 기쁘다. 글을 마무리하고 나니 부끄럽고 아쉽지만 이제 여행을 끝냈다고 생각하니 긴장이 풀린다.

책이 나올 수 있도록 기회를 주신 스토리닷 이정하 대표님과 저자로 추천해 주신 메종인디아 트래블앤북스 전윤희 대표님, 세첸코리아 용수 스님, 응원해주신 모든 분께 깊이 감사드린다. 사랑하는 가족과 나의 가장 가까운 벗 느티나무에게도 고마움을 전한다.

마지막으로 《내가 좋아하는 것들, 강릉》이 나의 이야기에서 이제 당신의 이야기가 될 수 있기를 바란다.

내가 좋아하는 것들, 강릉

초판 1쇄 발행 | 2024년 6월 30일
초판 2쇄 발행 | 2024년 8월 31일

지은이 이정임
펴낸이 이정하
디자인 jejusoboro

펴낸곳 스토리닷
주소 서울시 서초구 방배동 934-3 203호
전화 010-8936-6618
팩스 0505-116-6618
ISBN 979-11-88613-40-3 (03810)

홈페이지 http://blog.naver.com/storydot
인스타그램 @storydot
전자우편 storydot@naver.com
출판등록 2013. 09. 12 제2013-000162

스토리닷은 독자 여러분과 함께합니다.
책에 대한 의견이나 출간에 관심 있으신 분은 언제라도 연락주세요. 반갑게 맞이하겠습니다.